رواية

إدغار
وسيدة الخبز

د. جُمان الريحاني

إهداء

إلى عشاق الخبز الفرنسي

إلى عشاق الكرواسون

إلى عشاق الخبز الذي له مقدرة على جعل الناس يقعون في غرامه

إلى عشاق الخبز الذي يعجن بحب ويخبز على نار العشق والجوى

إلى كل عاشق وقع في حب الطحين والخميرة والكيمياء التي تجعل قلبين يقعان في الحب

إلى كل شيف وربة بيت

إلى كل عاشق يعرف أسرار الانغماس في الغرام ليصبح عاشقا بامتياز.

جمان الريحاني

ادغار من أب فرنسي وأم جزائرية

والدا إدغار مطلقان

صادف والداه الكثير من العواقب لأجل الارتباط لأنهما ينحدران من ثقافتين مختلفتين، ومن بلدين مختلفين

لكن والده كان قد أحب والدته بصدق مما جعله يتخطى كل العواقب والحدود من أجل الارتباط بمن تعلق قلبه بها.

لكنه وبعد أن تعرف عليها جيدا وعاش معها، اكتشف بأنها لم تكن حقيقية جدا ولم تكن تظهر على حقيقتها.

وجد بأنها تختلف من الداخل عن ما بالخارج وهذا ما جعله يقرر الانفصال عنها.

وحتى بعد انفصالهما لأسباب جعلت الحياة بينهما مستحيلة إلا أن والد إدغار كان لا يزال يحترمها خاصة وانها أهدته ذلك الطفل الجميل ابنه الوحيد.

تشاجر والد إدغار مع زوجته بعد مرور سنة من الزواج وعندما قررا الانفصال أصر على أن يبقى الطفل معه رغم صغر سنه ولكنه كان يحبه وكان يرى بأنه سوف يحسن تربيته.

قام والد إدغار بتربية الصغير على ثقافته الفرنسية وعلمه أن يحب بلده وبلد والدته، علمه أن يكون رجلا فرنسيا محترما أنيقا في مشيته لبقا في تصرفاته مؤدبا ومحترما من احترام ذاته.

توفي والد إدغار ولم يتزوج ثانية، توفي والده بينما كان إدغار ابن الرابعة والعشرون سنة .

لقد أكمل دراسته في معهد التكنولوجيا، كانت دراسة صعبة لكنه لطالما كان يحب المخبر.

عندما أكمل دراسته وعاد إلى البيت وجد والده ميتا، في البيت فقام بدفنه وحزن على فراقه حزنا شديدا.

اعتكف في البيت وانكب على حزنه بوحدة ووحشة، لقد كان يعلم بأن والده كان مريضا وقد بقي معه سنة وتخلف عن الدراسة ثم وبإصرار من والده عاد إلى دراسته بعد

أن تحسنت حاله ولكنه توفي لوحده لذا كان إدغار يشعر بالذنب.

لقد كان يحب والده ويسهر على رعايته والبقاء بجانبه بلا كلل ولا ملل، لقد كان يجلس بجانب سريره وهو يقرأ له تلك الروايات والكتب القديمة التي كان يمتلكها ويحب قراءتها أو حتى إعادة قراءتها أحيانا.

بيت إدغار الذي تركه له والده لم يكن في المدينة بل كان في منطقة زراعية في مدينة.

وبعد أن مر شهران على بقاء إدغار في بيت والده أصبح يشعر بعدم الرغبة بالعودة إلى المدينة لمزالة العمل هناك وقد كانت هناك وظيفة في انتظاره ولكنه لم يرد الذهاب.

قرر إدغار البقاء في بيت والده في تلك المنطقة الريفية وقرر العمل في الفلاحة، عمل إدغار في فلاحة الأرض مثله مثل والده.

بقي إدغار حوالي الخمس سنوات في ذلك البيت وحيدا بلا أصدقاء مقربين ولا حبيبة ولا نية في الزواج أو غيره.

كان منكبا على العمل فالعمل لا غير، وكانت الأيام تمر سريعا بل السنوات هي التي كانت تمر تباعا دون أن يلاحظ إدغار الذي كان يقضي يومه في العمل في الأرض التي كانت تستهلك كل طاقاته، ويقضي بداية ليله في قراءة تلك الكتب التي تركها له والده حتى يتمكن منه النعاس فينام.

انغمس إدغار في الأرض والعمل حتى نسي نفسه، وفي يوم تعطل المحراث فبحث إدغار عن المعدات لكي يصلحه.

في ذلك اليوم نزل إدغار إلى الطابق السفلي، حيث كانت هناك الكثير من الخردوات والأغراض التي لم يعودوا يستعملوها.

وجد إدغار الكثير من الصناديق، وبينما هو يبحث هنا وهناك عثر على صوره عندما كان طفلا صغيرا، صوره عندما كان رضيعا، صوره هو ووالدته، كما كانت هناك بعض الصور لوالدته وأقاربها، كل من في الصور كانوا غرباء رغم أنهم كانوا أقارب والدته.

بعض الصور مأخوذة في مكان عمل والدته حيث كانت تعمل خبازة عندما تعرفت على والده، لم تكن خبازة بمعنى الكلمة بل كانت تعمل بائعة في مخبزة، وكان لها حلم بأن تصبح خبازة ذات يوم ولكنها وبعد الزواج من والده تغيرت أحلامها واختلفت اتجاهاتها.

لقد تغيرت كل تصرفاتها ولم تعد نفسها السيدة التي تزوج بها والده لا من حيث تصرفاتها ولا أحلامها ولا طريقة عيشها ولا أسلوب حياتها.

لقد سلكت منحنى آخر، كما أن والده أخبره في الماضي أنها ربما أصبحت مرشدة سياحية بعد الطلاق.

وربما سافرت إلى مدينة أخرى أو أنها استقرت بدولة أخرى، وقد فقد والده الاتصال بها بل وكأنها قاطعها بعد الطلاق مباشرة فلم يكن بينهما أي اتصال.

أما بالنسبة لإدغار فهو الآخر لم يحاول البحث عنها ولا الاتصال بها، ولم يكن يشعر برغبة في اللقاء بها ولا التعرف عليها.

كان وكأنه حاقد على ما فعلته في الماضي، لم يكن إدغار في حاجة لأم تخلت عنه وهو طفل صغير له مهما كان الثمن، لأنه لم يستطع يوم أن يفهم تصرف أم تفعل كهذا التصرف لم يفهمه لدرجة أنه لم يكن يستطيع مناقشة الأمر بينه وبين نفسه.

وجد إدغار في القبو الطابق السفلي بالإضافة إلى كل تلك الصور والذكريات صندوقا آخر مليئا بالكتب والمذكرات والدفاتر، كانت كتب طبخ ولكنها بلغة لا يفهمها، لقد كانت باللغة العربية ولكن الصور والرسومات كانت مفهومة.

لقد كانت هذه الأغراض لوالدته وقد تركتها هنا في البيت الذي تزوجت فيه بوالده وبقيت مدة من الزمن تعيش هنا وتركت هذه الأغراض وراءها بعد طلاقها ورحيلها، ربما لأنها لم تكن تعني لها الكثير ا وان هذه الأغراض لم تعد ذات أهمية بالنسبة إليها.

فلو كانت تهتم بها لما تركتها وراءها كما تركت طفلها الصغير، طفل رضيع كان في أمس الحاجة لأم تحن عليه وتسهر على تربيته (لقد كان هذا رأي إدغار أن والدته تركته مثلما تركت الأغراض التي ما كانت في حاجة إليها).

قلب إدغار صفحات تلك الكتب وهو لا يفهم كلمة مما هو مكتوب عليها، وفجأة سقط من بين الكتب كتيب صغير الحجم وقديم جدا، أوراقه صفراء مقطعة الأطراف، كان

الكتيب أقرب للمذكرة من الكتاب، عليه وصفات وكتابات ورسومات بالقلم الرصاص.

كانت بعض الكلمات قد انمحت بفعل الزمن.

من الأمور الجيدة والإيجابية أن هذا الكتيب كان باللغة الفرنسية وليس كباقي الكتب الأخرى.

بداية لم يهتم إدغار كثيرا بما وجد، ولكنه ولسبب ما، لسبب غير معروف صعد وأخذ معه صندوق الكتب وليس صندوق الصور والذكريات البعيدة.

وضع الصندوق على الطاولة في الطابق العلوي غير مهتم به كثير الاهتمام.

بعد ذلك وبعد أن لجأ إلى أحد الجيران لإصلاح المحراث وأنجز ما عليه من عمل سافر بعد ذلك لكي يوصل المحصول إلى المدينة.

بعد قضاء ثلاثة أيام في المدينة عاد إدغار إلى قريته وبيته، لأنه كان يجب عليه أن يبتاع بعض الأمور الضرورية للحقل، ولكنه لم ينجز كل أعماله في المدينة لأنه اضطر للعودة باكرا فقد استغرق في العمل وقتا لكنه لم يكن بالشكل الكافي.

عندما عاد إدغار إلى بيته كان الوقت متأخرا جدا والظلام يخيم على القرية بأكملها لأنه وفي القرى تشعر وكأن الليل يحب الإسراع في إسدال ستائره على القرى خاصة ليس كما هو الحال في المدن الكبيرة التي تستطيع أن تحافظ على إشراقها حتى وإن كان الوقت متأخر ليلا.

كان إدغار متشوقا للعودة إلى البيت وسريعا لذا لم يتوقف خلال طريقه من أجل الطعام أو الشراب.

كان إدغار يعلم بأنه قد ترك بعض الطعام في ثلاجته لذا لم يكن قلقا بالنسبة لوجبة يعلم أنها تنتظره في بيته بل كان قلقا من أن يتأخر عن العودة ولسبب وجيه.

السبب وراء حرصه على العودة وفي تلك الليلة بالذات هو أنه قد تعود وفي كل سنة أن يشارك والده الطعام الذي يقومان بطهيه معا، فكان يتشاركان الطهي لأطعمة معينة في الأعياد والمناسبات، وهذه الليلة كانت هناك مناسبة أراد قضاءها مع صور والده كما تعود بعد وفاته.

فقد مازال يحافظ على عاداته مع والده ويحافظ على المناسبات ولا يفوتها كما أن الأطباق والأطعمة التي يقوم يطبخها هي تقاليد عائلته من قبل والده.

لقد مر إدغار في طريق عودته على المخابز والمقاهي ومحلات بيع الأطعمة الجاهزة ولم يتوقف حتى لأجل كوب من القهوة التي كانت قد تساعده على التركيز على القيادة أثناء عودته ولكنه فضل الإسراع لأجل قضاء بعض الوقت مع والده.

عندما وصل إدغار ودخل بيته لم يتنفس الصعداء بل على العكس لقد صدم بما وجده ينتظره في البيت، لقد وصل بعد منتصف الليل رغم حرصه على الإسراع من أجل العودة باكرا ولكنه تأخر رغم كل شيء.

وجد البيت مظلما ولا كهرباء، وبعد أن أوصل الكهرباء وأنار بيته سارع إلى الثلاجة فاكتشف بأن الكهرباء قد قطعت قبل أكثر من يوم لذا فقد فسدت كل الأطعمة الموجودة في الثلاجة والتي كان مستعدا لإعداد الطعام المناسب لهذه المناسبة منها.

لم يجد شيئا صالحا للأكل في البيت بأكمله، وهذه مناسبة سعيدة والأكثر من ذلك أنه كان يتضور جوعا.

جلس إدغار على الكنبة منهك القوى مستح من والده الذي لم يحيي ذكراه، ولم يحافظ على طقوسه معه هذه السنة، ولم يتمكن من الاحتفال به، كما أنه كان يشعر بالجوع حقا.

إدغار لم يكن طباخا ولا يجيد الطبخ بشكل جيد وبمهارة، ولكنه كان تلميذ رائع لوالد أحب وصفات أهله من قبله وأجاد طبخها وعلمه إياها بكل حرفية وإتقان.

كان يجيد طهور بعض المأكولات ليس إلا، ولكنه كان يستمتع بقضاء وقته في المطبخ بين أنواع الخضر والتوابل، كان يتفنن في تقديم الأطباق ويجعلها أنيقة، نظيفة، متناسقة الألوان متناغمة الأذواق والنكهات.

لقد كانت الأطباق التي يجيد طهوها أطباق فرنسية أصيله علمه إياها والده عندما كان طفلا صغيرا، ولم تكن من ابتكار والده بل من ابتكار جده، فجده والد والده كان طباخا ماهرا وكان يمتلك مخبزة صغيرة في بداية حياته.

لقد أغلق جده مخبزة في سنوات حين مرّت فرنسا بظروف اقتصادية سيئة في ذلك الزمان فخسر جده عمله وتوقف عم العمل وأغلق المخبزة الصغيرة، ولكن جده لم يتحمل تلك الخسارة وقد كان في الأربعين من عمره فقط، ولكنه تأثر كثيرا ومات جرّاء الحزن الشديد لأنه لم يستطع العيش دون أن يخبز للناس ألذ وأشهى المخبوزات التي كانوا ينتظرونها كل صباح بفارغ الصبر.

كان جده يستمتع برؤية الناس وهم تغمرهم السعادة أثناء شرائهم الخبز وأكله أيضا، فالخبز وكل أنواع المخبوزات

تمد الإنسان بشعور فريد من السعادة مع كل قضمة يقضمها.

وسعادة أيضا حين يمسك الخبز بين يديه وسعادة حين يقسم الخبز ويأخذ منه القليل وسعادة حين يستقر الخبز في معدته انه الخبز الذي يبث السعادة في الشخص مع كل تصرف يتصرفه معه.

كان إدغار يعرف أساسيات الخبز، العجن والمواد والكميات وطريقة العجن ولكنه كان يعاني من أمر كان يرى والده بأن هذا الأمر ظريف ويدعو للضحك لقد كان إدغار يقشعر بدنه من ملمس الطحين الين فلا يطيق لمسه.

كان والده يمزح معه ويقول له أنت تغار من الطحين سوف يأتي يوم واراك تعجن وتستمتع بالطحين كما لو أن له أمتع إحساس في العالم.

لم يعد الأمر متعلقا فقط بالاحتفال بوالده المتوفى وإحياء ذكراه بل أصبح إدغار يفكر في الجوع الذي يشعر به، فكر في الخبز قليلا ثم وهو يجول بالنظر في أرجاء المطبخ رأى بعض الخبز الموضوع على طاولة الطعام

داخل كيس قماشي ولكنه لم يكن مغلقا بإحكام وعندما اقترب من الخبز ولمسه وجد بأنه يابس.

فكر في البداية كيف له أن يأكل هذا الخبز اليابس ويسد جوعه ثم تذكر وصفة والده لحساء الفطر التي يضعها على قطع الخبز المحمص أي انه فكر في الاستفادة من الخبز اليابس وقرر عملها وهكذا سوف تكون وليمة.

عندما بحث في الأدراج والخزانة لم يجد علبة الفطر يبدو انه قد استهلكها سابقا ونسي ذلك.

ثم خرج إلى الحقل ليأتي ببعض البصل لأنه قرر للمرة الثانية أن يقوم باستبدال حساء الفطر بحساء البصل وقد وجد أثناء بحثه علبة من القشطة كما انه كان يمتلك بعض الجبن ومن حظه أن الجبن لا يفسد فحتى لو وجد بعض العفن عليه كان يمكنه إزالة العفن والاستفادة منه.

وأثناء عودته رجع ببعض البيض الذي كانت تحتفظ له به الدجاجات الوفيات.

كانت الدجاجات قد حضن البيض لمدة ثلاثة أيام ولم يكن يعلم البيض الطازج من القديم.

وعندما دخل البيت وضع الأغراض على الطاولة وكان البصل ينثر التراب في كل المكان ثم أحضر إناء به ماء ووضع كل البيض فيه لكي يكتشف الطازج من الفاسد

أخذ إدغار كل البيض الذي طفا على سطح الماء وتخلص منه ووضع البيض الجيد على جانب.

في تلك الأثناء انتبه ادخار لأن البيض موضوع بجانب الخبز فجاءته فكرة جيده، اخرج إناء وسارع إلى حقله للمرة الثانية وقام بحلب بقرته الحنون وعاد بالحليب إلى البيت.

فكر إدغار بأن يقوم بتحميص جزء من الخبز من أجل الحساء، فقام بقسم الخبز إلى جزأين وبعد أن وضع الحساء على النار المتكون ثوم وزيت وتوابل وماء مغلي ثم وضع حبات البصل الصغيرة دون أن يقسمها وترك الحساء حتى وصل درجة الغليان ثم انقص النار وتركه حتى يستوي على نار هادئة.

وبعد أن ينضج الطعام وقبل أن ينزعه من على النار سوف يضع عليه القشطة لمدة خمس دقائق على النار.

ثم يطفئ النار بعد أن يبشر عليه الجبن ويقوم بتغطيته.

وذهب إلى الجزء الثاني من طعامه وقد ترك الخبز الذي ينتظر التحميص آخر شيء لأنه يابس ولا يريده أن يكون يابسا عن تناول الطعام.

فقام بتحضير قطع الخبز التي كان من الصعب قسمها ولكنه كان يتعامل معها بحذر شديد وكان يجمع فتات الخبز ويضعه في برطمان لأنه يعيد استعماله في أطباق أخرى فيما بعد وبما أنه ييأس فإنه لا يفسد بل يبقى جيدا للاستهلاك وقابلا للاستعمال في أي وقت.

كما قام بتحضير الثوم البري الذي قام بدقه وأضاف له زيت الزيتون حتى أصبح كالعجين السائل قليلا وتركه جانبا لأنه يقوم بفركه على قطع الخبز المحمص الذي يوضع بجانب الحساء اللذيذ.

والجزء الثاني من طبق اليوم قرر أن يقوم بقلي قطع الخبز الباقية والتي يقوم بغمسها داخل الحليب الذي احضره وقام بغليه ثم تبريده، وبعد ذلك يقوم بغمسه في البيض ويضعه في المقلاة وتقليبها حتى تحمر من الجانبين.

في الحقيقة لم يكن هذه الوصفة صالحة للعشاء فقد كانت صالحة لفطور الصباح فالخبز اليابس المغموس في الحليب ثم البيض والمقلي يليق صباحا مع القهوة بالحليب أو الشاي.

بعد أن جهز الطعام قام إدغار بوضع إبريق الشاي على النار وسكب الحساء في الصحن وقد كان ساخنا فوضع قطعة من الزبدة بداخله، ووضع مبشور الجبن جانبا في حالة ما إذا أراد المزيد.

ووضع معجون الثوم مع الزيت على الخبز الذي حمصه جيدا حتى يصبح اقرب للطازج وان يسخن حتى من الداخل فأصبح لونه اسمرا قليلا.

ووضع الخبز المقلي في صحن مرافق وقد كان يحبه كثيرا ويشم مع راحته الزكية رائحة الذكريات للأوقات الماضية التي كان يقضيها مستمتعا برفقة والده الذي كان دائم الذكر لجد إدغار.

ووضع كوب الشاي جانبا.

وضع إدغار من كل طبق طبقين له ولوالده، الذي كان يضع صورته بجانب الطعام وكأنه يجلس معه ويرافقه على طاولة الطعام.

كان إدغار يتناول طعامه ويسامر والده ويحادثه بما حدث معه سابقا في المدينة.

لم يكن إدغار مجنونا بل كان دائما يشعر بوجود والده إلى جانبه، كان يشعر بأن والده مازال يعيش في ذلك البيت.

لقد تناول إدغار وجبة لذيذة أعدها بنفسه وكان معتزا وكأنه قد تدارك الأمور وأصلح الوضع رغم ما محدث معه واحتفل بوالده.

قام ادغار بإفراغ الثلاجة من الأكل الفاسد ولم يعد تشغيلها بل قام بتنظيفها كما نظف المطبخ وغسل الأواني ثم تمنى ليلة سعيدة لوالده وصعد إلى غرفته لكي ينال قسطا من الراحة.

اخذ حماما سريعا وارتدى منامته وسرعان ما غفي ما إن وضع رأسه على وسادته.

كان الوقت متأخرا كانت الساعة حوالي الثالثة صباحا، وهو يعلم جيدا بان الديك يصحو باكرا ولكنه أغلق النوافذ وأسدل الستائر لكي لا تزعجه أشعة الشمس التي تكون فضولية في الصباح وهي تحاول دغدغة عيون الناس الكسالى.

في تلك الليلة شعر إدغار بوجود والده معه في البيت وليس فقط ذلك لقد شعر وكأنه جده أيضا كان هناك، وذلك لأن والده كان دائما يخبره بأن جده كان يصنع له الخبز بالمقلي فقد كان يحبه عندما كان طفلا صغيرا.

يبدو أن حب الطعام هو أمر متوارث وليس فقط الوصفات والكيفيات.

عندما استغرق إدغار في النوم عادت به أحلام النوم إلى زمن ماض حين كان جده يداعب والده وهو طفل صغير ويطبخ له الطعام ولكن في الحقيقة إن إدغار كان قد سمع الكثير عن جده ولم يكن يعرفه حق المعرفة فقد توفي قبل أن يتسنى له التعرف عليه.

ولكنه في الحلم كان وكأنه موجود حقا وكان إدغار عاد بالزمن إلى الوراء لكي يشاركهما اللعب بالطحين والمواد الأخرى في المطبخ.

لم يكن إدغار يرى نفسه في الحلم ولكنه كان يشعر بوجوده معهما حقا.

لاحظ إدغار أمرا عجيبا في الحلم لقد لاحظ بان جده يضع على الطاولة نفس الدفتر القديم الذي وجده مع كتب الطبخ التي تركتها والدته خلفها والتي عثر عليها في القبو.

يبدو أن ذلك الدفتر قد كان ملكا لجده وقد بدا في الحلم بحلة جيدة ليس كما هو الآن.

لاحظ بأن جده يتذوق الطعام ويكتب ملاحظات عليه ولكنه لاحظ أيضا بأن جده كان يمتلك مذكرة أخرى أكبر من الدفتر بقليل لونها سوداء وغلاف من الجلد ولكنه كان يكتب على ورقة ووضعها داخل ظرف وأغلقه كتب ملاحظة على الظرف وقبل الرسالة ثم اخبر ابنه بأن هذه الرسالة هي وصيته له ولابنه من بعده.

وسوف يحين له الوقت لكي يفهم كلامه يوما ثم بعد أن قبل رأس ابنه الصغير الذي لم يكن يفهم شيئا واخذ المذكرة ووضعها في مكان كالنافذة ولكنه كان مجرد فجوة في الحائط وكأنه مكان لوضع الديكور آو هي مخصصة لوضع الفرن داخل الحائط لكي لا يشغل حيزا من المطبخ.

عندما استيقظ إدغار الذي اعتقد بأنه سوف يستغرق في النوم لوقت متأخر، ولكنه تفاجأ حين فتح الستائر فقد كان الجو إما مازال مبكرا أو أن الجو مغيم، وعندما نظر إلى الساعة وجدها بأنها لم تتجاوز السابعة صباحا.

رغم انه استيقظ بحالة جيدة ومفعم بالنشاط والحيوية.

توجه إدغار إلى المطبخ بعد أن غسل وجهه وأسنانه، وهو لا يزال بمنامته، فتح نافذة المطبخ لكي يستنشق الهواء العليل وإذا به يشم رائحة الكعك التي تنبعث من بيت السيدة مارثا فتتذكر بأن اليوم هو الأحد ويبدو أن

أحفادها عندها آو هم على وصول وهذه هي عادتها عند زيارتهم لها.

وضع إدغار القهوة على النار وجلس يتذكر حلم ليلة البارحة، وضع على الطاولة المربى والزبدة وبينما هو يخرج الأغراض من الخزانة الصغيرة التي على الحائط تذكر المذكرة التي وضعها جده هناك إنها نفس الفجوة وقد ادخل عليها حده أو والده خزانة خشبية ولكنه ومن خلال ما يتذكره من الحلم كانت وكأن الخزانة اصغر حجما ما الفجوة.

راودته فكرة فقام بإخراج كل العلب والأغراض ثم حاول إخراج الخزانة بالقوة ولكنها كانت محكمة الوضع في ذلك المكان.

وضع إدغار القهوة من على النار ثم أعاد الكرة وهذه المرة قد احضر بعض الأغراض التي سوف تساعده على إخراج الخزانة من الفجوة في الحائط.

تمكن إدغار أخيرا من إخراج الخزانة الصغيرة التي لم يحافظ لها على شكلها ولم يخرجها قطعة واحدة ولكن كان كل ما يهمه هو أن يتمكن من إخراجها.

كان إدغار وكأنه متأكد من وجود شيء ما داخل الفجوة ولم يكن إحساسه مخطئا أبدا لقد وجد ما لم يكن فعلا يبحث عنه ولا ما كان يجزم وجوده هناك.

لقد وجد إدغار هناك في الفجوة مذكرة جده السوداء التي رآها ليلة البارحة في الحلم ولكنها كانت مثلما تركها جده بالضبط وكأن الجد قد وضعها بالداخل الليلة الماضية.

اخذ إدغار المذكرة وجلس إلى طاولة الطعام المليئة بالأغراض التي كان قد أخرجها من الخزانة وفتح المذكرة التي كانت مليئة بالوصفات، الكتابة والملاحظات وأحيانا بعض الرسومات لقد تأكد إدغار من أن الدفتر الذي كان قد عثر عليه سابقا هو أيضا ملك لجده لأنه يحمل نفس الخط وأسلوب الكتابة.

كانت المذكرة مليئة أيضا بالأوراق المطوية والتي هي الأخرى عليها وصفات ووصفات ...

كانت المذكرة مليئة بالوصفات على أوراقها وعلى الأوراق المحشوة بداخلها، لقد كانت كلها وصفات أصيلة إنها زبدة خبرة جده وأسرار وصفاته أنها كنز عثر عليه إدغار بفعل الصدفة أو بتسيير القدر.

اعتقد إدغار لولهة بأن تلك التي جذبت انتباهه والتي قام بتحطيم الخزانة لأجلها لم تكن حقا رسالة لأن المذكرة كانت مليئة بالأوراق المطوية والتي كانت جميعا ذوات شبه بالرسالة التي خبأها جده والفرق الوحيد كان الظرف الذي رآه بكل وضوح ثم ارجع إدغار ما حدث سابقا إلى انه كان مجرد حلم لا غير.

وضع المذكرة جانبا وعاد إلى الواقع قليلا أخذ القهوة وضعها على النار وقام بإعداد الحليب ووضع لنفسه بعض الفطور على الطاولة المبعثرة بالأشياء لأنه لم يستطع إبعاد كل الأغراض وقد جرّدهم من خزانتهم الخضراء الصغيرة.

تناول إدغار طعام الفطور وإذا بالسيدة مارثا جارته تدق بابه لتعطيه بعض الكعك الذي هي مشتهرة بصنعه ثم تغادر.

بعد ذلك نزل إلى القبو واحضر العدة لكي يصلح الخزانة الصغيرة التي كانت أشبه بدرج له طبقتين وباب له زجاجة والكادر المحيط به من الحطب ولونه اخضر سيفوم بلون الموج.

إدغار يستطيع إصلاح الأشياء ولا يمل العمل، وهذا ما جعله لا يحس بمرور سنوات من حياته وهو وحيد ينغمس في الأعمال أحيانا ولا يجب أن يجعله ينتبه لحياته.

لا يشعر إدغار بسرعة مرور السنوات، كما أنه لم يكن ينتبه إلى كثير من الأمور منها ما يحب فعله حقا وما يمثل لها شغفا حقيقا وما هو مجرد عمل روتيني ولكن النقطة المختلفة في إدغار عن الكثير من الناس هو انه عندما يقوم بشيء يتقنه.

ولكن على ما يبدو أنه لم يكن يفعل الأمر الصواب طوال الفترة الماضية، فقد درس واجتهد ولم يعمل بشهادته رغم أنه كان جيدا في مجاله.

أتقن الفلاحة ولم يكن يرهقه العمل في الأرض والحقل، وكان له نفس جيد جدا في إعداد الطعام ولم يكن يعلم ما تحمله أنامله من سر في مزج المواد والتوابل وكيف أنها تشعر بالقيم والكميات دون وزن آو حاجة للميزان.

لقد كان يمتلك يدا تستطيع أن تضع المقادير وفق الجودة والاستحقاق كما كانت له لمسات نهائية على الأطباق تعطيها مذاقا إضافيا ونكهة مميزة وسحرا خياليا.

قرر إدغار أن يقوم بإعداد بعض وصفات جده لأن والده لطالما اخبره عن مذاق تلك الأطباق التي كان يستمتع بها وهو صغير ولكن والده لم يكن يجيد الطبخ أو بالأحرى لم يكن يحب قضاء الكثير من الوقت في المطبخ خاصة وأنه كان يعاني من ألم في ركبته اليسرى نتيجة تعرضه لعيار ناري بالخطأ خلال رحلة صيد.

كما أن والده لطالما اخبره بأن لجده أسرارا في المطبخ لا يعرفها سواه ولم يكن يعلم أين هي مذكراته.

كان إدغار يعلم تماما أهمية الثروة التي كانت بين يده، وكان يعي ما تمثله هذه المخطوطات لكبار الطباخين والخبازين.

بعد أن أصلح إدغار الخزانة وأعادها إلى مكانها، وأعاد لها كل أغراضها التي كانت بها بالأساس، جلس ليستريح قليلا، وعندما لاح بنظره إلى المذكرة السوداء الموضوعة على طاولة الطعام.

لقد لاحظ شيئا هذه المرة لاحظ بين الغلاف والصفحة الأولى التي كانت ملتصقة بالجلد الأسود، وكان هناك ورقة تحاول الخروج.

أمسك المذكرة بيديه وحاول سحب الورقة والتي اكتشف بأنها ليست ورقة بل ظرف مغلق.

فكر قليلا في أن المغلف قد يكون هو نفس الظرف الذي رآه في الحلم سابقا، يمكن حدوث هذا وها هو الظرف حقيقي وبين يديه.

أخذ إدغار الظرف وقرأ ما كان مكتوبا على ظهره، إلى ابني أو حفيدي إلى من كان مقدرا عليه أن يجد هذه الرسالة.

فتح الظرف فوجد بداخله أكثر من ورقة مطوية على أربعة ومفتاح.

فتح الرسالة وقرأ ما كان مكتوبا عليها:

ابني العزيز

أنا .... والدك إن كنت ...... أو جدك إن كنت حفيدي

هذه ليست رسالة يا عزيزي بل هي قدر

قدر كتب عليا وهو اليوم يكتب عليك

انه القدر يناديك وأنا أوجه لك دعوة من حيث أنا

عزيزي أنت تعلم جيدا أنني كنت خبازا ونتيجة الظروف الصعبة لقد أغلفت مخبزتي التي كانت عملي والمكان الذي أعشق التواجد به

عزيزي لقد كانت زوجتي تساعدني وتعمل بياعة في المحل التابع للمخبزة.

لقد عشقنا رائحة الخبز وهي تتغلغل إلى داخل المخ وتبني خليات للذاكرة.

الخبز يعني الأصالة والعراقة

رائحة الخبز تجعلك تشعر بالأمان

لا يوجد ما يتفوق على رائحة المخبوزات صباحا، إنها رائحة ذكية يمكنها السفر لمسافات تسبح مع نسمات الصباح ربيعا كان أو صيفا ممتعا أو حتى شتاء أو خريف.

تستطيع رائحة الخبز أن تتأقلم مع الجو ونوع النسيم فسبح برشاقة مع النسيم الخفيف أو تتدحرج ببطء مع الهواء الثقيل والمحمل بالرطوبة والندى.

تستطيع رائحة الخبز أن تتحدى كل الروائح في شوارع المدينة لكي تتفوق عليها بجدارة فتسحق رائحة الدخان والسيارات، ولكنها تندمج مع رائحة الأزهار في شوارع باريس فتفوح بتناغم مع رائحة الياسمين وأزهار البرتقال.

عزيزي لطالما جعلتني رائحة الخميرة حين تضع عليها بعض الماء الدافئ بأن هناك بطونا سوف تمتلئ بعد بعض الوقت.

عزيزي هل تعلم بأن الخبز به تفاصيل تجعلك تستغرق في التفكير، الخبز يجمع بين عديد الحواس يمكن اللمس والشعور بالمواد اللطيفة الملساء الرقيقة الخفيفة مثل الطحين اللين، والخشنة قليلا بدرجات متفاوتة مثل ذرات الملح والسكر، والملمس الناعم للخميرة الفوارة والأنعم لخميرة الحلويات، حتى أن انسياب الماء على الطحين له ملمس مختلف.

ضع يديك مع الخميرة والماء وتمتع بشعور الذوبان لأجل حجم مضاعف للعجين، وهناك ملمس السمسم والكمون الأسود للتزيين.

والزبدة التي تذوب وتذيب القلوب غراما في ذلك العجين، فكلما أعدت تسخين الكرواسون أصبح طريا وأكثر طبقات وكأنه أمواج مترادفة تذوب في فمك متعة ومذاقا.

عزيزي اللمس يختلف حين تغمض عينك، لا تختلف الأسطح ولكن الذاكرة تحتفظ بتلك اللمسات وتعينك على الفهم دون النظر.

وهكذا يمكنك أن تعرف المواد ويمكنك أن تستشعر وجودها فقط بلمسها رغم أن النظر يعطيك مساحة لكي تستظهر الجودة من خلال الألوان ومدى الصلاحية، فهناك بعض المواد تتغير ألوانها بعد انتهاء مدة الصلاحية وهنا سوف يتغيّر الطعم ولن يكون بتلك المثالية التي يجب أن يكون عليها.

أما بالنسبة للروائح فهي تترافق مع حاسة السمع، إذ يمكنك أن تدرك احتراق الطعام من وقع صوته على النار قبل أن تلحق إليك الرائحة أو حتى أن كان محكم الغطاء، ويمكنك أن تشم رائحة الوقت المناسب لأن تأخذ الطبق من الفرن أو تضعه من فوق النار.

فعندما ينضج الطعام يرسل رسالة برائحة النضوج كما يفعل إن احترق وأيضا يمكنك بالشم أن تعرف بأن هذا الطعام لم ينضج بعد.
عزيزي هل جرّبت اختبار حاسة الشم لديك،

عزيزي هل تعلم أنه يمكنني أنا أن أعرف إن كانت القهوة حلوة أو مرة فقط من رائحتها.

كما يمكنني أن أعرف إن كان الطعام حلوا أو حامضا فقط من رائحته.

يمكنني تمييز المذاق فقط من خلال الشم ومن دون أن أتذوقه وفي كل مرة أتذوقه أجد أنني كنت على صواب.

وإن كنت يا عزيزي قد ضبطت المقادير فإنك سوف تكون شبه متأكد من نتيجة عملك ولكن هناك نقطة مهمة يجب عليك التركيز عليها ألا وهي المواد.

فكلما كنت تثق في المواد التي تستعملها لا تحاول تغييرها، لأن الثقة هي ما تجعلك تنجح وإن وثقت في مادة معينة مثلا الزبدة وكانت من علامة تجارية معينة اتبع هذه العلامة لأنها لا تخدعك لا تكون الزبدة غير صالحة فيها بعض الحليب زيادة فيها مقياس الملح يوم ينقص ويوم يزيد.

رغم أنني يا بني كنت أفضل المواد غير الصناعية أحب الطبيعة وأحب المواد الطبيعية والتي لم تتم معالجته ولم

تتم إضافة مواد صناعية إليها أو مواد حافظة، فالطبيعية تعطيك مذاقا مختلفا.

عزيزي الكلام عن الخبز لا ينتهي وكنت أتمنى لو أنني لم أكن مضطرا لغلق المحل، كنت أتمنى لو أنني علمتك كل ما اعرفه عن الخبز وأسراره ولكن ....

ولكن الظروف صعبة وسوف أغلق المحل غدا لذا كتبت لك هذه الرسالة بينما لازلت حتى هذه الدقيقة اعتبر خبازا...

من الخباز إلى القدر، إلى من قدر له أن يجد هذه الرسالة ابني أو حفيدي أو حفيد ابني

لا اعلم حقا من سوف يجد رسالتي ..

ولكن رسالتي ليست مجرد حروف على الورق بل هي أمنية في هيأة وصية ..

عزيزي إن كان القدر قد جعلك تجد رسالتي فهذا يعني أنني حقا قد غادرت هذه الحياة بعد أن أغلقت المحل.

اشعر بأن من سيجد الرسالة هو رجل وليس فتاة ..

عزيزي إن كنت ابني أو حفيدي وصيتي هي أنني كنت امتلك محلا "مخبزة صغيرة ومحلا لبيع الحلويات" في شارع لويس السابع على طرف شارع دي باغ

وقد قررت إغلاقه ولكن قلبي مكسور فليس هناك من يحب الخبز مثلي، سوف لن أقف في مطبخ بعد اليوم ولو كان مطبخ بيتي.

لقد نزعت قبعة الخباز ولن أشعر بالراحة ولن أقضي اي وقت في مطبخ ومخبزتي مغلقة.

عزيزي إن كانت حال البلاد قد تحسنت، إن كنت أنت تحمل نفس دمائي فأنت تشعر بالتأكيد في داخلك بأنك خباز مثلي حتى وان لم تقم بالخبز سابقا.

يمكنك أن تجرب الخبز وسوف تشعر بشيء ما، ضع قبعة الخباز على راسك أو اربط شعرك بفولار أو باندانا خاصة وان كان شعرك طويل لكي لا تقع بعض الشعرات في العجين، اربط المريول إلى الخلف ثم وبعد أن تكون قد وضعت كل المواد على الطاولة ومن الأفضل أن تكون قد وزنتها قبل ذلك لكي تحافظ على المقادير، أغمض عينك وخذ نفسا عميقا قبل أن تضع يديك على الطحين.

سوف تعرف ما يجب فعله دون إتباع أية إرشادات.

عزيزي إن قررت أن تجعلني فخورا وان قررت أن تحقق لرجل بائس وحزين آخر أمنية له ليرتاح في قبره فابحث عن المحل الذي يقع في شارع لويس السابع لأنني أغلقته ولكنني عزمت إن لا أبيعه ولو كان ثمنه ثروة.

لا اعرف متى ستجد رسالتي ربما بعد 10 أو 20 سنة أو أكثر بكثير لذا أظن بأن الشوارع قد تتغير ولكن مخبزتي مازالت تحمل اسمي وسوف تبقى كذلك إلى الأبد ولو تغير الزمان سوف يبقى المكان ثابتا.

عزيزي إن كنت تشعر برغبة في تحقيق أمنيتي فأنا ادعوك لتكتشف السحر الذي في المخبزة وأنا أعلم بأنك سوف تجد السحر في كل مكان، هناك من اخبرني بذلك.

ملاحظة: المفتاح مع الرسالة ليس مفتاح المخبزة بل هو مفتاح لغرفة سرية فيها وان قررت الخبز عليك اكتشاف تلك الغرفة

أحبك

أحبك يا امتداد دمائي ...

هذا ما جاء في الرسالة التي كانت غريبة ومحيرة.

أمسك إدغار المفتاح الذي كان قديما ومزخرفا من الأعلى
ولم يكن كمفاتيح اليوم البسيطة واتكأ على الكرسي وتنهد
تنهيدة طويلة.

لقد شعر بمشاعر كثيرة ومختلفة، كان مرتبكا متوترا
وممزوج المشاعر، مشاعره كانت في حالة فوضوية ولم
يكن يستطيع التفكير بوضوح.

وضع بعد ذلك المفتاح من يده، والأوراق كانت منثورة
على طاول الطعام ووضع حذاءه في رجليه وخرج إلى
الحقل ليمد بالنظر ويستنشق الهواء العليل لعله يرتب
أفكاره أو لعل الهواء النقي يعطيه أفكارا نقية صافية.

كان يتجول بالنظر في الحقل والمزروعات وينصت للطبيعة عصفور يضرب جناحية وحمامة تطير، زقزقة عصافير وصوت التراب يتساقط كالأمطار وراء المحراث.. خرير المياه من الساقية والمرشات التي تخرج المياه من الصنبور وتنثر قطرات المياه في السماء لتسقط على الأرض من جديد.

كان إدغار يجيد الإنصات، وهذه ميزة ليست لدى كل من له أذنين، نظر هنا وهناك ليرى الثمار الناضجة ومدى جمالها عندما أصبحت جاهزة للقطف يرى ثمارا لها أحجام كبيرة ولكنها مازالت باللون الأخضر أي أنها لم تنضج بعد، يرى البراعم والثمار التي مازالت صغيرة من حيث العمر والحجم.

لقد كانت هناك متعة في السمع والنظر لطالما كان إدغار يعرف ذلك ولكنه لم يشعر بهذه النعم والموهبة في تمييز الاختلاف بين الأمور من نظرة أو رنة.

اكتشف إدغار بانه كلما اتجه في اتجاه أمكنه أن يستنشق هواء منعشا أو رائحة لذيذة تنبعث من بيت السيدة مارثا

اكتشف بأنه إن اتجه إلى شجرة البرتقال وأغمض عينية وأخذ نفسا عميقا أمكنه أن يركز على رائحة زهر البرتقال من بين كل الروائح المنبعثة في الهواء وقت الغروب.

لقد أمعن إدغار النظر إلى تلك المناظر أمامه لأول مرة ورأى العائلات التي تظهر من النوافذ وهي تجلس إلى طاولة الطعام لتناول طعام العشاء وقد غابت الشمس.

لأول مرة يرى إدغار هذه الصورة بقلبه وليس بعينيه، لقد شعر بأن هناك شيء ما ينقصه في حياته.

كان إدغار يعلم بأنه يتيم وليس له عائلة وهذا أمر هو يدركه تماما ولكن ما اكتشف بأنه ينقصه في حياته ليس العائلة بل الحب.

نعم انه الحب هو ما ينقصه وليس حب شخص ما بل حب ما يفعله ويقوم به.

يبدو انه اكتشف حب الخبز وتركت دماء جده بداخله ولكنه لم يعي ذلك بالشكل الكافي لأنه لم يقرر شيئا بعد.

دخل بعد ذلك إدغار البيت بعد أن غمر الظلام المكان ولم تبقى إضاءة إلا التي تنبعث من النوافذ المضيئة بالحب.

التفت إلى بيته الذي كان مظلما لأنه خرج قبل أن تغيب الشمس ولم تكن هناك ضرورة لإشعال الأضواء.

دخل البيت وكأنه يدخل لأول مرة رغم أنه عاش كل حياته هناك، أشعل الضوء ولم يشعر برغبة في التوجه إلى المطبخ، لم يكن يشعر بالجوع ولا لديه رغبة بتناول أي شيء.

توجه مباشرة إلى غرفته وألقى بجسده المنهك على السرير ليغط في نوم عميق وقد كان الوقت مبكرا لم تتجاوز الساعة السابعة مساء، استيقظ بعد ذلك وقد اعتقد بأنه قد استغرق في النوم كثيرا لأنه قام من نومه يشعر بعدم حاجته للنوم وقد استلقى في كأنه جثة هامدة، ربما من التفكير أو انه شعر بمدى ثقل الرسالة والوصية على كاهله.

عندما نظر إلى الساعة وجد بأنها الثامنة وعشرون دقيقة، يبدو أنه لم ينم أكثر من ساعة.

دخل الحمام ثم ارتدي منامته وعاد إلى سريره ومازال لا يشعر بالجوع، حاول النوم، دخل السرير وأخذ الغطاء ولكن تفاجأ أنه لا يريد النوم، تقلب يمينا وشمالا، نام

بالطول وعلى عرض السرير وهو يسمع رقاص المنبه يتحرك بشكل ثقيل، وضع الوسادة فوق رأسه وحاول بكل الطرق أن ينام ولكن لا فائدة في كل ما فعله.

بعد ذلك خرج إلى الحقل ثانية وقد ارتدى في رجليه الحذاء طويل العنق، وغاص بين الخضراوات يمشي داخل الحقل على ضوء هاتف ينبعث من بيته، اخذ جولة في قن الدجاج وقد كانت جميع الحيوانات تنام في هدوء تام.

وبعد جولة دامت حوالي الساعتين أخذ منها بعض الوقت يجلس تحت شجرة الليمون عاد إلى البيت وخلد إلى فراشه من جديد ولكنه سرعان ما استغرق في النوم هذه المرة.

لم يصحو إدغار حتى منتصف النهار، وعندما قام من فراشه لم يكن إدغار الماضي وكأنه صحا شخص جديد بتفكير جديد ونفسية جديدة مشرق نشيط مقبل على الحياة.

لقد اختلفت نظرته للأمور والحياة فقد كان يتمتع بإعداد طعام الفطور ويقوم بتجهيز المائدة وكأنها في انتظار ضيوف على الطعام.

لقد كانت أو اليوم بالذات أصبحت له طريقة مختلفة في إعداد الطعام وتقديمه.

طريقة مزج الطعام طهيه، وأيضا يختار ما يضعه في الأطباق يختار المواد والألوان وكانت له طريقة في قص الخضر وتقطيعها، كما أنه له لمسة ساحرة على الأطباق خلال تقديمها لمسة نهائية ساحرة.

كان إدغار كلما أضاف شيئا للأطباق ولو كان بسيطا أضافت له هذه الحركة لمسة غريبة.

لقد أكتشف اليوم إدغار بأن المطبخ يشبه إلى حد كبير المخبر مليء بالمواد التي تتناغم مع بعضها وأيضا المواد المضادة لبعضها.

هناك طاولة عمل وطناجر ونار، والعجيب أيضا أن الطعام يتم طهيه على درجات حرارة مختلفة وليس كل الطعام يحب النار القوية ولا النار الهادئة.

بعد أن أنهى إدغار إعداد الطعام هو نفسه تفاجأ بالمائدة التي أعدها.

تناول طعامه وخرج كالعادة إلى الحقل وبدأ يفكر في طريقة لاعادة ترتيب حياته، لقد أيقن إدغار ولأول مرة أنه لا ينتمي إلى هذه القرية وقرر السفر إلى المدينة وكان قد قرر المكوث بمدينة باريس

إنها نفس المدينة التي كانت بها مخبزة جده وهو لم يكن يعلم بأن هذه المخبزة موجودة وقد عرف ذلك فقط من رسالة جده.

قرر إدغار أن يجد المخبزة وأن يعيد فتحها.

حزم حقائبه وقد قرر الذهاب لمدة طويلة والاستقرار بالمدينة حيث محل جده رغم أنه لم يكن يعرف العنوان بالضبط.

وضع إدغار حقائبه في السيارة التي تركها له والده ولم يستعملها سابقا لأنه كان يعتمد على الشاحنة في قضاء مصالحه، ويعتمد على المحراث والجرار في الأرض.

السيارة كانت موديلا قديما ولها لون أخضر بلون الموج يميل إلى اللون الأزرق.

وانطلق إدغار بعد أن ودع جيرانه وأعطى مفتاح بيته لجاره .... لكي يعتني بالبيت في غيابه ويعتني بالنباتات لأنهم متعودون على فعل هذا فيما بينهم.

وترك الحقل والأرض تحت عناية جاره هذا الذي هو فلاح من الطراز الأول ويمتلك الحقول التي بجانب حقول إدغار.

وانطلق على وتيرة السيارة التي كانت نائمة لمدة طويلة ولكنها كانت بصحة جيدة.

انطلق إدغار إلى مصير مبهم الملامح، انطلق باتجاه حياة مجهولة ولكنه لم يكن يشعر بالقلق بل كان مطمئنا ومتفائلا، وكان متشوقا لبدء هذه الحياة الجديدة.

بعد السفر لأكثر من أربع ساعات لأن سيارته كانت بطيئة بعض الشيء، وصل إدغار إلى مدينة باريس

سأل عن أحد الفنادق الرخيصة لأنه كان يشك بأن إقامته قد تطول وهو لا يعرف بالضبط المدة وقد كان يفكر في أنه ربما يقوم بتأجير بيت في الضواحي.

بدأ مشواره بغرفة في فندق.اللوتس... غرفة صغيرة جميلة ولها إطلالة على شارع طويل ويبدو أنه هادئ بعض الشيء.

وبعد أن وضب أغراضه وقد كانت السماء تشرف على الغروب فخرج لكي يكتشف المنطقة.

سار على طول الشارع ورأى الناس في الشارع رجال يلعبون لعبة على طاولة المقهى الخارجية، ومر بأحد البيوت التي تعلق راية حمراء وكانت هناك نساء شبه عاريات في النوافذ الثلاثة لذلك البيت.

خرج إدغار من الشارع الذي كان شبه ضيق ليخرج إلى الشارع الرئيسي الذي كان مزينا بالأضواء ويعج بالفوضى التي ما هي إلا نشاط والحياة.

قطع إدغار الشارع إلى الطرف الثاني وقد كان الشارع ممتدا على الطرفين ومليء بالمطاعم الصغيرة والكبيرة والمخابز.

كان إدغار وبدون سابق تفكير متوجه إلى احد المطاعم فجلس إلى أحد الطاولات الخارجية، وطلب عشاء لذيذا

والذي كان من اختيار النادل لأن إدغار كان يريد الطبق المشهور في ذلك المطعم والذي يمثل أصالة المنطقة.

استمتع إدغار بطعامه ثم واصل جولته سيرا على الأقدام على طول الشارع ذهابا في جانبه الأيسر ورجوعا على الجانب الأيمن.

تفاجأ إدغار من المحلات المتجاورة والتي هي في نفس الميدان ونفس مجال العمل ولكنها متجاوزة ولكل محل زبائنه.

سأل إدغار أحد الأشخاص عن شارع لوس السابع وعندما دله الشخص عن الشارع والذي من المصادفة أنه يبعد ثلاث شوارع فقط عن الفندق الذي كان يقيم فيه، كان الوقت متأخرا وإدغار يشعر ببعض التعب لذا قرر أن يتوجه إلى هناك في يوم الغد.

استيقظ إدغار في اليوم الموالي باكرا، وعلى ما يبدو أن الفندق الذي كان يقيم فيه لم يكن يقدم طعام فطور الصباح لأنه كان فندقا صغيرا.

خرج إدغار صباحا وقد كان الوقت فجرا، لم يكن مثله مثل سكان المدينة، فقد كان الناس نيام وقليل من المحلات كانت تفتح أبوابها عندما كان إدغار يقطع الطريق.

ولكن كانت المخابز ومن رائحة الشوارع تعلن عن أن الخبز منه ما نضج ومنه ما اقترب نضوجه.

غريب لقد استشعر إدغار ذلك من خلال سيره عبر الشارع وهذه ملاحظة ذكية منه لقد بدأ يتبع خطى جده من الآن.

سارع إدغار في تلك الشوارع وقد بدأ يقع في غرام تلك المدينة دون أن يعلم لأنه كانت ترتسم ابتسامات على وجهه كلما عرف ما يحدث خلف تلك الأبواب والنوافذ.

قطع إدغار العديد من الشوارع باتجاه شارع لويس السابع حتى وصل، لقد وجد شارعا طويلا مليئا بالمحلات على اليمين وعلى اليسار محلات تضيء كل الشارع، وكأن كل المحلات قد فتحت صباحا، من الممكن أن يكون قد سار ببطء حتى فتحت كل تلك المحلات، فمن المعتاد أن تفتح المخابز والمقاهي أول الصباح.

"يا لا الروعة" هذا ما قاله إدغار لتعبيره عن الإعجاب بذلك الشارع وما يحويه من محلات بأبواب مرتفعة ونوافذ جميلة والأجمل من كل ذلك تلك الروائح التي كانت تزين الشارع.

كان الشارع ينفجر بذلك المشهد المغري فقط من خلال الروائح، لقد كان تفكير إدغار هو ماذا لو كانت الروائح ترى.

ما الذي يمكن أن يجسد الرائحة، كانت تلك الروائح على امتداد الشارع كأنه عرض أزياء في ساحة مليئة بالعارضات الأنيقات وكل منهن تدعو الجمهور لرؤيتها لوحدها، تريد كل واحدة أن تنفرد بالمنظر لوحدها.

إنها منافسة رائعة ومسابقة للأقوى والأطعم والألذ.

شعر إدغار بمشاعر قوية تجذبه للمكان فسار دون أن يعلم إلى أين هو متجه، كان بين المحلات أبواب بنايات وهناك أبواب كبيرة مغلقة قد تكون مخازن أو محلات لم وقت فتحها بعد.

مشى إدغار بخطى هادئة بدت وكأنها خجولة، ولكنها لم تكن كذلك بل كانت تخطى ثابتة لأجل الاستكشاف والتأمل والتحقق من كل ما يجود في ذلك الشارع.

كان يلتفت يمينا وشمالا وكأنه يريد أن يحفظ كل ملامح الشارع، وكأنه يريد أن يتعرف على كل محل وكل بائع هناك.

لقد كان إدغار بتصرفاته تلك مثيرا للاهتمام.

وفي لحظة أثناء سيره توقف إدغار في مكان ما كان على يمينه محل أو مجرد مكان مازال مغلقا، توقف إدغار هناك بالذات لأن الرائحة التي كانت تنبعث من هناك جذابة ولذيذة بشكل لا يوصف.

والغريب في الأمر كان أنه إذا خطى خطوة واحدة إلى الأمام اختفت الرائحة وإذا عاد إلى تلك البقعة عادت وبقوة، فجرب أن يخطو خطوة إلى الوراء فغابت الرائحة وهكذا كلما كان يغمض عينيه بدت الرائحة واضحة، لقد كانت رائحة الكرواسون.

لقد كانت هناك مخابز ومحلات لبيع الخبز والحلويات في كل مكان ولكن تلك الرائحة كانت مميزة وقد تعلم إدغار أن يميز الروائح فقط من خلال رسالة جده التي قرأها، يبدو أنه موهبة كانت متوارثة في العائلة ولم يكن قد اكتشفها في نفسه سابقا.

أغرم إدغار بتلك الرائحة وبحث عنها خلال سيره في ذلك الشارع بين المحلات ولكنه حفظها ولم يجدها في غير ذلك المكان.

اختار إدغار إحدى المقاهي وجلس على إحدى الطاولات التي تم وضعها خارجا وقد رأى رجلا طاعنا في السن يرصفها في الشارع.

اختار إدغار ذلك المقهى لسببين الأول هو أنه رأى الرجل الذي كان يوصل صواني المخبوزات والتي كانت تبدو طازجة وشهية، والأمر الثاني هو أنه جذب نظره ذلك الرجل الكبير قد لفت انتباهه لذا قرر أن يجلس معه قليلا لكي يتمكن من طرح بضع الأسئلة عن محل جده.

وبالرغم من أن الرجل كان مشغولا جدا في ذلك الصباح لكن إدغار كان يمتلك أسلوبا جيدا في الحوار.

راح إدغار يتغزل في رائحة المخبوزات وهذا ما جعل الرجل يبتسم ويقول له:

لقد مر وقت طويل منذ أن كنت اسمع أحدا يتغزل في المخبوزات هكذا.

ضحك إدغار وقال له:

هل يمكنني أن أطرح عليك بعض الأسئلة يا سيدي؟

الرجل:

بالطبع تفضل يا بني ولكن أخبرني بطلبك أولا لكي أحضر لك قهوتك

إدغار:

أريد كوبا من القهوة مع الحليب وقطعتي سكر، وأريدك أن تحضر لي ذلك الكرواسون بالشكولاطة اللذيذ الذي سلبني راحتي برائحته وهو يدخل المحل بكل تكبر قبل قليل.

عندما هم الرجل بالدخول إلى المحل قال له إدغار أريد قطعتين من الكرواسون لأنني أشعر بجوع هذا الصباح.

لقد سلب إدغار بالكرواسون لأنه كان له طعم يختلف عن المصنوع في البيت وذلك لأن الخبازين في ذلك الشارع كانوا أصحاب مهنة وقد ورثوها عن آبائهم وأجدادهم ولكم تكن تلك محلات للتجارة ولا عمالها هواة ولا مجبورون على العمل هناك.

بل قد كانت النقطة التي يشتركون جميعا فيها هي حبهم لمهنتهم ووراثتهم لعملهم ومهنتهم.

عندما أحضر الرجل الطعام انشغل عنه إدغار لبعض الثواني لأنه كان فعلا بحاجة لكوب القهوة الساخن والكرواسون الجذاب برائحته الممزوجة مع نسمات الصباح النقية والمنعشة.

وعندما انتبه من تلك اللحظات التي كأنه غاب عن الوعي وكأنه لم يكن في نفس العالم، التفت إلى الرجل وقال له أريد عن أسألك عن شخص كان له محل هنا، إنها مخبزة ولا اعرف مكانها بالضبط ولكنها تم إغلاقها منذ وقت طويل.

انه السيد ادغار   هل تعرفه؟

تفاجأ الرجل روبير وقال:

ألم أقل لك قبل قليل بأنني لم أسمع أحدا يصف الكرواسون بهذه الطريقة الأنيقة إنه نفس الرجل الذي كنت أتحدث عنه.

إدغار:

إذن أنت تعرف جدي.

السيد روبير:

جدك هل أنت جاد في ذلك؟

إدغار:

نعم لقد كان جدي وأنا أبحث عن مخبزته لأنني لا أعرف العنوان كلما أعرفه هو أن المخبزة كانت في هذا الشارع.

السيد روبير:

نعم أعرفها بالطبع إنه هناك (وأشار بإصبعه للطرف الآخر من الشارع) في آخر الشارع.

إدغار:

قفز من فرحه وقال له لم أكن أعلم أنني سوف أجدها وبهذه السرعة

السيد روبير:

نعم لقد كانت مخبزة مشهورة في ذلك الوقت لأن جدك كان يقوم بالخبز بشكل رائع، وكان شخص محبوب من الجميع، لقد كانت لديه طريقة مميزة للتعامل مع الخبز وكل أنواع المخبوزات التي كان يصنعها كما كانت لديه نفس الطريقة للتعامل مع الزبائن.

لم يكن جدك يتعامل مع الزبائن على أنهم مجرد زبائن بل كانوا أفراد من العائلة، لقد كانت عائلة كبيرة والجميع يحب ويحترم الآخر.

إدغار:

أنا مسرور لسماع بعض هذا الكلام عن جدي فوالدي لم يكن يحكي الكثير عنه.

السيد روبير:

وكيف هو والد؟ أذكر أنه توقف عن العمل مع جدك بعد زواجه ولم يعد إلى المخبزة حتى بعد أن تم غلقها.

إدغار:

نعم هذا عرفته من والدي أظن أنهما تشاجرا، لقد توفي والدي قبل خمس سنوات ولم يذكر مخبزة جدي.

السيد روبير:

آسف لسماع ذلك، لم يكن على وفاق مع جدك، فلقد خاب ظن جدك في والدك وأنا آسف على قول هذا، كان جدك يعتقد بأنه سوف يترك المخبزة في أيد أمينة حين يساعده والدك في إدارة العمل وان يأخذ على عاتقه تلك المسؤولية ولكن والدك لم يكن كذلك رغم أنه كان لديه الموهبة في الخبز.

إدغار:

نعم لقد حدث الكثير بزواج والدي.

السيد روبير:

هل أنت تحب الخبز مثل والدك وجدك؟ وهل تريد زيارة المكان أقصد مخبزة جدك؟

إدغار:

نعم كثيرا وخاصة في الفترة الأخيرة، كنت أعتقد في البداية أنني أستمتع بالطبخ ولكن لم أكن أعلم أنه لدي عشق للخبز بالذات ولا زلت لا أعرف إن كنت جيدا في ذلك.

السيد روبير:

أنا متأكد من أنك جيد فقد سمعت منك بضع كلمات لم تكن مجرد كلمات بل كانت روح جدك التي تحيط بك وموهبته التي أنت ورثتها بدون أي شك، إنها دماء جدك الخباز.

إدغار:

شكرا جزيلا هذا إطراء كبير.

السيد روبير:

لا تقلق أنت خباز بالوراثة، هل ترغب برؤية المخبزة.

إدغار:

بل أريد أن أعيد فتحها، أعتقد ذلك.

السيد روبير:

جيد جدا أنت الشخص المناسب لفعل ذلك. صدقني أنا كنت أعرف جدك وأنت تشبهه بتصرفاته وإحساسه أنت نسخة طبق الأصل عن جدك.

إدغار:

أتعتقد ذلك حقا؟

السيد روبير:

نعم أنا متأكد، انتظرني قليلا سوف أحضر معطفي وأخذك إلى محل جدك.

إدغار:

أنا حقا أشكرك على كل شيء.

بعد ذلك خرج الرجل وهو قد وضع معطفه وكان يجعل شاله بشكل معتدل لأن الجو كان باردا قليلا، وتوجها إلى أسفل الشارع والرجل يتحدث ويقول.

هل تعلم بأن السيد موريس هو المسئول عن تلك البناية وقد سمعت قبل يومين أنه قد ذهب في زيارة إلى بيت ابنه الوحيد وزوجته ربما لن يعود حتى بعد نهاية السنة فقد ذهب من أجل قضاء عيد الميلاد وليلة رأس السنة مع أحفاده فقد تعود على فعل ذلك كل سنة.

ربما لن نستطيع الدخول إلى المحل.

إدغار:

هل حقا تعني ذلك؟

ولكن كنت أريد أن آخذ منه المفتاح لأنني أفكر في رؤية المحل من الداخل وأرى إن كان صالحا للعمل.

السيد روبير:

نعم لا تقلق سوف نجد حلا وسوف ترى المحل وان لم يكن اليوم ففي القريب.

إدغار:

نعم أنا أريد ذلك

السيد روبير:

سوف نرى المحل من الخارج واسأل ...... إن كان السيد قد ترك نسخة من المفاتيح فربما يكون قد فعل ذلك.

إدغار:

أنا مشوق لفعل ذلك

عندما وصلا إلى نهاية الشارع تقريبا بقي حوالي الاثنا عشر مترا، وثق الرجل والتفت إلى إدغار وقال له.

voila فوالا

نحن هنا وهذا هو محل جدك العظيم.

كان هناك باب كبير من الحديد مغلق طبعا وأمامه باب بناية بينهما ذلك المكان الذي كانت تفوح منه رائحة الكرواسون الذي أغرم به إدغار.

ثم محلان ونهاية الشارع الذي على اليمين.

كل تلك المحلات كانت مغلقة والآن عرف إدغار بأن أحدها كان ملكا لجده وهو ملك له اليوم.

دخل الرجل إلى البناية وطرق باب الشقة في الطابق السفلي ليسأل السيد ارنو عن المفاتيح وان كان السيد موريس قد تركها عنده.

فرح لسماع أن نسخة عن المفاتيح هنا للشقق في البناية وبعض المحلات وعندما أخذها لكي يجرب فتح المحل لأنه أخبره بأن إدغار صاحبه الجديد هنا.

تفاجأ الجميع بعدم وجود مفتاح يتطابق مع باب المحل، ولكن مفتاح البيت كان موجودا لقد اكتشف إدغار بأن المحل يمتد إلى بيت على الواجهة الأخرى من الشارع (الخلفية).

بعد أن دخل إدغار إلى البيت الذي كان من الطابق السفلي وله طابق علوي أيضا، الطابق العلوي الكبير لأنه على امتداد المخبزة ومحل بيع الحلويات اللذان كانا بالطابق الأسفل.

كان البيت بحالة سيئة ولكنه يمتد على مساحة كبيرة و به أثاث قد يعتبر قديما ولكنه طبعا يحمل روح من كان يعيش هنا ولا يجب التخلص منه.

لم يتم شغل هذا المكان منذ أكثر من أربعين عاما فقد أغلق الجد المحل عندما توفيت زوجته وتشاجر مع ابنه الذي هو والد إدغار لأنه أراد السفر مع حبيبته التي سبقت والدة إدغار ، ولأنه لم يكن يرد العمل مع والده هذا ما جعل الجد يغضب في المرة الأولى.

ولكن وكما لكل شيء بداية فان البداية تجر إلى العادة وتصبح الأمور كالعادة لا تغضب إن قمت بفعل ذلك هذا ما جعل والد إدغار يكرر شجاره مع والده كلما التقى به حتى انفصلا للأبد.

وبعد ذلك جاءت الظروف الاقتصادية الصعبة وغرق السيد ادغار جد إدغار الحفيد في حزن لفقدانه زوجته وابنه

وحتى عمله، فقرر أن يغلق المحل المخبزة والبيت وخرج من تلك المدينة وسترى البيت الذي عاش فيه والد إدغار وإدغار.

لم يتمكن السيد إدغار الجد من النجاة من كل ذلك الحزن الذي كان يتضاعف مع كل شروق للشمس ويصبح أكثر صعوبة وقسوة مع كل غروب للشمس.

بعد ذلك أسرع إدغار إلى الفندق لكي يحضر حقائبه لكي يقيم في بيت جده وطلب من السيد روبير أن يفكر له في حل للحصول على مفتاح المخبزة.

كان إدغار سعيدا بما حدث معه اليوم فأحضر حقائبه وسيارته واستقر ببيته الجديد.

كان أمامه الكثير من العمل الذي فضل علمه كله لوحده ولم يقبل المساعدة من الرجل ارنو الذي تركه السيد موريس المسئول عن البناية، فقام بالتنظيف والتخلص من الغبار.

واكتشف الغرف وفتش في بعض الأغراض واختار الغرفة الرئيسية لكي تكون غرفة نومه، إنها غرفة جده

وجدته وهي ذات إطلالة رائعة ولها شرفة صغيرة تليق بالجلوس لاحتساء كوب من القهوة في الصباح الباكر والتمتع برؤية المحلات وهي تفتح أبوابها، أو لاحتساء كوب من الشاي بعد العصر والجلوس على تلك الطاولة الصغيرة المصنوعة من الحديد والمزخرفة بشكل فني وسطحا زجاجه سميكة.

الأمر الذي لاحظه إدغار والذي كان سببا وراء إعجابه بالطاولة والكرسيين ليس فقط لكل تلك الزخرفة من حديد بل أيضا جذبه لونها فقد كانت خضراء بلون زبد البحر أو موج البحر تشبه لون سيارته فما هذه الصدفة تساءل في داخله والابتسامة لم تكن تفارقه.

وبعد قضاء نصف اليوم في الترتيب قرع باب بيت إدغار عليه لأول مرة لقد جاء السيد روبير وقد أحضر معه طعام الغداء لأنه كان متأكدا من أن إدغار سوف ينسى نفسه بين الذكريات فقد كان هناك الكثير لكي يتعامل معه.

لقد فرح إدغار بمن كان على الباب دعاه للدخول وتناولا بعض الطعام ثم أخبره الرجل، بأنه قد يحالفهما الحظ في فتح المحل ومن دون مفاتيح فبما انه المالك له يمكنه أن يأتي بالحداد لكي يتخلص من القفل وقد أخبر المسئول عن البناية بذلك.

كان الرجل قد اشتاق للسيد إدغار جد إدغار فقد كان تقريبا صديق له رغم انه كان يكبره بالسن وقد راح يتأمل الصور الموضوعة على الطاولة بجانب المدفئة.

كما أخبره عندما رأى جدته بأمر لم يكن إدغار يعرفه، لقد كان إدغار يجهل الكثير عن جده فقد كان والده قليل الكلام عن كلما يخص العائلة.

أخبره بأن جده كان على علاقة بأخته قبل أن يتعرف على جدته، وعندما تم رفضه حين تقدم لخطبتها فقد والداه في ذلك المكان يريدان لابنتهما طيار أو قبطان باخرة وليس مجرد خباز في مقتبل العمر، حزن جده كثيرا وأرغمت أخته على الزواج برجل اسباني ثري.

والعجيب من الصدف أن أخته توفيت في نفس اليوم الذي توفي فيه جدك ربما بعد أن سمعت بأنه قد مات لقد كانت تحبه وهي لم تعش سعيدة فزواجها لم يدم كثيرا مثل جدك بل توفي زوجها بعد ثلاث سنوات فقط.

ثم أخبره بأن قلبه قد كسر لما حدث مع أخته لذا قرر أن لا يدخل في علاقة طويلة وان لا يتزوج وفعلا هو اليوم في عمر 63 ولم يتزوج أبدا.

حزن إدغار لسماع ما سمعه وتأسف لحال الرجل لأنه يعش وحيدا، ولكن الرجل طلب منه عدم الأسف لحاله فهو سعيد في حياته ولديه عمل يحبه كما أن لديه حفيدة.

سأله إدغار حفيدة كطيف ذلك وهو لم يتزوج أبدا.

ضحك الرجل واخبره أنها ليست حفيدته ولكنه يعتبرها كذلك وهو كان مسئولا عنها كل حياته، إنها في الحقيقة سيمونيا حفيدة أخته التي كان يعتني بها رغم أنها بعيدة فهي تعيش في اسبانيا ولكنها سوف تأتي عندما يقترب الكريسماس عيد الميلاد.

وربما هذه المرة سوف تبقى فترة أطول فقد جاءها عرض بأن تعمل في أحد المطاعم هنا في فرنسا.

سأل إدغار بدافع الفضول وهل هي طباخة؟

فأجابه نعم وهي بعمر 25 سنة وربما ورثت حب الطبخ عن جدتها ولكنها تفضل الطعام الفرنسي عن الاسباني لذا هو يأمل بأن تعيش هنا.

بعد ذلك نزل إدغار والرجل وأرسل في طلب الحداد الذي قام بقص القفل وفتح المخبزة.

كان هناك مخزن وكان للعجن وغرفة بها الأفران ومحل صغير لبيع الخبز والجزء الثاني كان محلا لبيع المخبوزات والحلويات.

لقد أصبح بالفعل إدغار يمتلك بيتا مخبزة ومحلا في أحسن الشوارع في المدينة شارع مليء بأشهر صناع الخبز ولو بحث عن فرصة للانضمام إليهم لما وفق في ذلك ولكنه بالفعل كان وأصبح واحدا منهم وبالوراثة أيضا.

طلب إدغار المساعدة من الرجل لكي يحضر له عمال من أجل الإشراف على الآلات والصيانة لكي يرى إمكانية إعادة تشغيل ما كان هناك ووضع ميزانية لأجل أن يبتاع ما ينقص المخبزة والمحل.

لقد قرر إدغار أن يشغل المحل لوحده مبدئيا حتى يتأكد من كونه قادر على العمل والافتتاح وقادر على أن يجعل المحل يقف على رجليه، فهو لم يكن يريد أن يوظف أشخاصا ثم فجأة يلقي بهم في الشارع إن لم يفلح ذلك.

رغم حب إدغار الشديد للمخبزة ولكل ما حدث معه مؤخرا إلا أنه كانت تراوده بعض الشكوك فهو ليس بخباز وليس لديه شهادة في الطبخ والخبز ولم يقم بهذا العمل مسبقا ولا خبرة لديه ولكنه كان يرى بأنه رب العمل وأن وصية جده تستحق أن يحققها.

لقد كان إدغار يؤمن بإيمان جده به وكان لديه شعور داخلي بأن هذا سينجح بأي شكل من الأشكال.

وضع إدغار مبلغا كبيرا من المال كميزانية لإعادة فحص الأجهزة وإعادة ديكور المكان ولكن بشكل شخصي لأنه كان ولازال يريد أن يكون العمل شخصي وفيه روحه وروح جده، كان يريد أن يستشعر روح جده في ذلك المكان وأن يكون لكل طبق أو إناء أو حتى قطعة ديكور معنى وليست مجرد قطع أثاث سوف يشتريها بالجملة ويشحنها على شاحنة مجهولة ليضعها عمال مجهولون في

78

المكان الذي يرون بأنه مناسب لها وذلك بناء على مبلغ من المال تقاضوه لأجل ذلك.

لقد أراد إدغار أن يفعل كلما يلزم بحب ولأجل الحب، حبه لجده الذي يشعر به دون أن يراه وحب جده له قبل أن يراه، لأجل رسالة قرأها وشعر بأنها مليئة بالحب.

وهكذا وخلال يومين اثنين تغير ذلك المكان الذي سهر عليه العمال مع إدغار مع اقتراب عيد الميلاد.

كان العمل بضغط كبير ولكن إدغار لم يكن بالفعل يشتغل من أجل افتتاح المحل أكثر من كان إعادة تزيين المخبزة والمكان تكريما لجده ولم يكن يعلم ما يخبؤه له القدر في يوم غد.

كان الأمر الأكثر أهمية بالنسبة لإدغار هو أن يتمكن من افتتاح المخبزة والمحل يوم عيد الميلاد وإن يم يكن ذلك ممكنا أن يتمكن من فعل ذلك قبل ليلة رأس السنة.

كان يريد أن يحي ذكرى جده ويعيد إحياءه بين الناس، يريد أن يعيد ذكراه بين من كان يعيش بينهم.

وهكذا كان إدغار كلما غادر العمال وقد كان يعمل معهم يدا بيد بقي يقلب في الذكريات ويبحث من خلال الصور والكتب وكل الأغراض التي كان جده قد تركها في بيته،

كان جده قد خلف كل حياته وراءه ولم يأخذ معه حتى ملابسه كلها.

فقد كانت خزانته على حالها رغم المدة الزمنية التي مرت عليها وما جذب نظر إدغار هو ذلك الجزء من الخزانة والذي كان مخصصا لجده الطباخ والخباز.

لقد كان ذلك البابان الصغيران في الخزانة يحتويان على ما يوفق الثلاثين بدله الخاصة بالطبخ منها المآزر والقمصان والقبعات وأغلبها باللون الأبيض ولكن هناك ألوان أخرى منها البنفسجي والأزرق.

كانت الثياب نظيفة ولا غبار عليها ومنها ما كانت معلقة في أكياس بلاستيكية، يبدو أن جد إدغار كان مهتما بعمله ومظهره على حد سواء.

عندما جرب إدغار وقاس بعض الأزياء كانت مناسبة له تماما وكأنها قد تم تفصيله من أجله بالذات وقد أعجب بمظهره وهو ينظر إلى نفسه في المرآة الداخلية التي كانت ملتصقة بباب الخزانة من الداخل.

وكانت وراءه أيضا مرآة التسريحة التي عندما التفت إليها رأى صورة جده وهو في نفس الثياب في صورة موضوعة على التسريحة.

من كل تلك الأشغال لم تتح لإدغار الفرصة لخبز أي شيء رغم انه كان يريد أن يقوم بتجربة بعض المخبوزات لعله يقوم بالاعتماد عليها في الافتتاح وبذلك يفتتح المخبزة في الوقت المناسب.

كان إدغار متفائلا جدا وكان يقول في نفسه لا يوجد أجمل من عيد الميلاد، فالميلاد هو موسم العطاء ويمكنه أن يتوافق مع أيام الافتتاح التي سوف يكون فيها تقديم الطعام مجاني.

إدغار قد كان كريما مثله مثل جده وقد سمع من السيد روبير بأن جده كان يقوم بتقديم مختلف المخبوزات بشكل مجاني أول يوم من كل شهر جديد.

وكان يقدم الخبز طوال أيام كل مناسبة وطنية أو دينية للفقراء والمساكين، كان يفعل ذلك كل سنة ولا يتأخر عن مساعدة الفقير والمحتاج.

لم يبق أمام إدغار إلا سر واحد لم يقم بحله بعد، وكأنه نسي أمر المفتاح الذي تركه له جده كلغز وعليه أن يجد له الحل.

في تلك الليلة عندما خلد إدغار إلى النوم رأى حلما غريبا لقد رأى بأنه يحمل بين يده الكثير من المفاتيح ولم يعرف ما كان عليه أن يفعل بها.

عندما استيقظ من حلمه في عمق الليل تذكر ذلك المفتاح وتذكر بأنه لازال لا يعرف هو مفتاح ماذا؟ ولماذا لم يخبره جده عن أمره بكل بساطة.

فلما كل هذا الغموض؟

قام من فراشه وذهب إلى حقيبته التي كان قد أفرغها وأخرج منها صندوقا صغيرا به صور ودفاتر وأخرج منه كيسا كان به الرسالة والمفتاح.

أخذ المفتاح ونزل إلى الطابق السفلي وكأنه شعر بأنه قد عثر على شيء هناك.مشى بين الصناديق والأجهزة التي كان الكثير منها مبعثرا على الأرض، سار من غرفة إلى غرفة ولكنه لم يفلح في أن عثر على أي شيء.

عاد وصعد إلى الطابق الأعلى ولكنه عندما هم بالصعود سمع كأن صوتا يصدر من المحل فعاد ونزل إليه كانت رائحة العجين التي تنبعث من ذلك المكان والخبز والحلويات التي تنضج والناضجة قوية جدا هناك.

دخل وهو لم يتمكن من اكتشاف سر الرائحة أبدا ولكنه اكتشف بأنه توجد أصوات تصدر من هنا والمكان في الحقيقة لم يكن مرتبا بعد ولكن لا يوجد أحد.

بعد أن بحث ولم يجد أي شيء عاد وصعد إلى الأعلى، وقرر أن يخلد إلى النوم، شعر بشيء فيعينه فتوجه إلى التسريحة ليرى إن كان هناك شيء فيها ولم يكن هناك شيء ولكنه عندما هم بالعودة إلى سريره وقبل أن يفعل رأى شيئا غريبا في المرآة لقد رأى في المرآة التي تعكس ما وراءه، فرأى شيئا غريبا في الخزانة (خزانة الملابس)

كانت هناك قطعة من الثياب (ثياب جده التي كان يحبها ويعتني بها) تخرج من الباب والباب مغلق عليها.

خاف على قطعة الثياب، خاف من أن تتخرب لأنه تعلم أنه من الضروري الحفاظ على تلك القطع كما كان يفعل جده بالضبط.

سارع والتفت إلى الوراء وتقدم باتجاه الخزانة فتح الباب وحاول إخراج القميص الذي كان باب الخزانة مغلقا عليه (قميص أزرق بلون فاتح وهو يلبس فقط الثياب مخصصة للطباخين، له كمان طويلان ليس كباقي القمصان التي كانت بأشكال وقصات مختلفة تزين الخزانة ويحلو للناظر النظر والتأمل فيها).

ولكن القميص ورغم فتح الباب وتحريره إلا أنه على ما يبدو كان مازال عالقا ولكن من الجهة الأخرى.

خاف إدغار من أن يتمزق الكم الأخرى للقميص، وخاف من إمكانية أن تكون عالقة بمسمار أو قطعة خشب من الخزانة، فقام بإبعاد الثياب من هنا وهناك، حاول إبعاد كل الثياب المعلقة أمام القميص والتي من ورائه أيضا ووضعهم على السرير.

فتفاجأ إدغار بما وجد داخل الخزانة كان كم القميص عالق بباب خلفي للخزانة ، باب في داخل الخزانة..

اعتقد بان القميص يظهر من الخزانة من الخلف فأرجع أبوابها وأزاحها عن الحائط ولكنه تفاجأ بان القميص لا يظهر من هذه الجهة ولا يوجد باب ولا شق حتى في الخزانة من الخلف.

أعاد الخزانة إلى وضعها السابق، وحاول اكتشاف ما بها وقد كانت تكفيه حجما يمكنه حتى الدخول فيها إذا أنزل رأسه قليلا.

وعندما كان يبحث عن طريقة لجذب القميص من الشق الذي كان داخله، لاحظ بأنه توجد فتحة مفتاح.

استغرب قليلا مما يظهر داخل الخزانة ولا يظهر من جهتها الخلفية، ثم جرب المفتاح الذي كان معلقا بباب الخزانة الأمامي والذي لم يكن مناسبا أبدا.

كانت الخزانة من الداخل مزخرفة أكثر بكثير مما هي عليه من الخارج، كأنها قطعة أنتيك قديمة.

لقد بذل فيها النجار والذي على ما يبدو كان فنانا مجتهدا كبيرا لدرجة أنه نقشها من الداخل خاصة في السقف، كانت بلون البني البلوطي.

ثم وفجأة تذكر المفتاح الذي كان يبحث له عن فتحة تلائمه في البيت كله، مع أنه كان يتوقع أن يفتح باب أو خزنة وليس فتحة في فتحة في ظهر الخزانة وبدون أي مكان تؤدي إليه.

لقد خاب أمله ولكنه قرر أن يجرب المفتاح فربما ليس هذا مكانه المناسب وقد يكتشف مكانه يوما ما وتكون هناك قصة وراء ذلك.

ولكن تفاجأ للمرة الثاني وبينما هو يسحب المفتاح وكأنه فقط مضطر لتجريبه ومتأكد من النتيجة دخل المفتاح وكان لائقا لذلك المكان، ظهر من الفتحة ضوء كالشعاع ابيضا وفتح المفتاح.

استغرب إدغار لمجرد دوران المفتاح بالفتحة، ففتح له باب في الخزانة وبالرغم من أنه متأكد من أنه لا يوجد شيء خلفها إلا جدار الغرفة ولكن كان هناك مكان.

لقد فتح الباب الذي كان يتجاوز المتر ارتفاعا، وبعرض الذراع تقريبا.

عندما فتح إدغار الباب لم يتمكن من رؤية شيء على الإطلاق، لقد كان المكان مظلما رغم انه قبل قليل كاد يقسم أنه قد رأى شعاعا أيضا يخرج من فتحة المفتاح.

علم إدغار بوجود مكان لأنه عندما مد يده في الفضاء وراء الباب كانت هناك مساحة خلف الظلام.

عاد إلى الوراء واحضر شمعة ثم تقدم إلى الأمام لاكتشاف ماذا يوجد في ذلك المكان.

دخل إدغار والشمعة تنير له الطريق فوجد نفسه في غرفة كبيرة وهناك طاولة في الوسط، والكثير من التفاصيل لا يستطيع إحصاءها جميعا في الظلام فضوء الشمعة لم يكن كافيا.

كانت تنبعث من المكان رائحة طيبة، إنها السمسم والفانيلا.

أخذ لفة في المكان وعندما التفت وراءه انتبه للباب الذي كان قد دخل منه، لقد كان الباب أكبر من هذه الجهة

ويشبه باب غرفة وليس باب خزانة توجه إليه ليرى أن هناك زرا للضوء.

أشعل الضوء فأضاءت الغرفة بالكامل وبشكل جميل وواضح.

كانت غرقة بباب واحد هو الباب الذي دخل منه إدغار.

وليس لها أبواب أخرى من حيث ما رآه ولكن من يعلم، بعد كل الغرائب التي حدثت.

لم يكن للغرفة أيضا نوافذ.

كانت الغرفة تشبه غرفة مكتب إلى حد كبير، مع طاولة إضافية وكأنها طاولة مختبر أو شيء من هذا القبيل، هناك مكتب ووراءه كرسي ومكتبة مليئة بالكتب على جانبين من الحائط في وسطها ووراء الكرسي بالذات.

كانت هناك على جدار الحائط لوحة معلقة لسيدة جميلة وكأنها تم التقاط هذه الصورة لها في نفس هذا المكان إذ انه كلما التفت وراءه وجد الطاولة التي كانت تجلس عليها السيدة حين أخذت لها الصورة.

من خلال الصورة يتم استنتاج بأن هذه المرأة التي تجلس على مقعد وأمامها الطاولة التي تشبه طاولات المختبر والتي كانت في العقد الرابع، سيدة جميلة تضع زهرة الفانيلا على الجانب الأيسر من رأسها وشعرها مربوط للوراء بشكل كعكة مرخية.

تلبس السيدة مئزر طباخ يبدو أنها كانت طباخة، ولها وجه جميل وهي تسند رأسها بيدها وتنظر باتجاه المصور بحب.

ترتدي السيدة في اللوحة فستانا أبيضا كزهر الأقحوان ووردي فاتح بلون احمرار الخدود، ومئزرا بلون وردي أغمق من ذلك، لونه كلون طائر الفلامنجو.

كانت رائحة الفانيلا قوية في الغرفة وكأنها تنبع من اللوحة.

كانت الغرفة خيالية وهادئة فيها أصيص نباتات خضراء فواحة وكأنها تمت سقايتها قبل فترة أي أنها حية بدون شمس ولا ماء ولكنها كانت تبدو مسقية فقد كانت ندية عندما لمسها، لقد عرف إدغار نوعية النباتات لأنه فلاح لقد كانت نبتة السمسم.

وكان هناك أصيص آخر به أزهار حمراء قطيفة أيضا كانت منتعشة وهذه كانت بجانب المكتب.

الغرفة مرتبة وجميلة وهناك شمعدان على المدفئة التي كانت في الجهة المقابلة للباب الذي دخل منه.

رغم أنها كانت غرفة واحدة ولكنها كانت مليئة بالتفاصيل.

لم يعرف إدغار ما سر تلك الغرفة السحرية فبالرغم من كل شيء إلا أنه لم يتمكن من استنتاج ما هي حقيقة الغرفة ولما وجدت هنا بالذات وما علاقتها بجده، ولا سرها ولغزها الذي أراده جده أن يكتشفه بنفسه.

بعد تلك الجولة التي قام بها إدغار في الغرفة أخذ شمعته وأطفأ الضوء وغادر الغرفة وأغلقها من الخارج وأعاد الملابس إلى مكانها ووسط تلك الحيرة خلد إلى فراشه من جديد وهو بين إيمان وإنكار.

في الصباح وقد استيقظ إدغار على صوت العمال يواصلون عملهم بالمخبزة وقد كان اليوم آخر يوم عمل لهم.

قام أعد الفطور وشاركهم الطعام وهو يفكر في إمكانية حدوث ما حدث الليلة السابقة ولكنه قبل أن يتوجه إلى الطابق الأسفل استرق نظرة للخزانة من الداخل لكي يتأكد من أن هناك مكان للمفتاح الذي أصبح يضعه تحت وسادته التي يضع رأسه عليها كل ليلة.

بقي إدغار لوحده فتوجه سريعا إلى تلك الغرفة السرية التي لم يتمكن من رؤيتها لهذا اليوم.

دخل إدغار الغرفة وقد كانت حقيقية، فقد رواده الشك ولم يكن متأكدا من وجودها بل اعتقد بأنه قد يكون مجرد حلم راوده.

دخل وأراد هذه المرة أن ينظر بإمعان ليرى كلما كان يوجد هناك أخذ كتابا ولكن الكتب لم تكن تفتح كانت وكأنها مجرد ديكورات وليست كتبا حقيقة رغم أغلفتها والعناوين التي كانت عليها.

كانت كل الكتب تقريبا عن الطعام، الطبخ الخضراوات والنباتات الفواكه التوابل المحاصيل الزراعية، الغذاء الصحي الرياضة والعناية بالأبدان.

كل الكتب كانت مواضيعها تتمحور حول الطبخ وكلها كانت تحت اسم مؤلف واحد إنها امرأة اسمها فانيلا سيسموم، ولكن لم تكن هناك لا اسم دار النشر ولا سنة النشر.

وقد كانت هناك صورة الغلاف التي كانت تشبه تلك السيدة في اللوحة.

لقد بدأ إدغار يفهم البعض وبعد ذلك جرب الجلوس على المقعد ثم التفت إلى اللوحة واستأذنها بالجلوس هناك وقال لها:

عذرا سيدة فانيلا هل تسمحين لي بالجلوس هنا على مكتبك.

ضحك والتفت إلى الأمام وكأنه لا يصدق كلما يحصل معه، ولا يصدق أنه يكلم لوحة معلقة على الجدار.

كانت هناك بعض الأوراق الموضوعة على المكتب،
أوراق لم تكن بيضاء اللون بل كانت بلون كريمي، وقنينة
حبر وريشة وبعض الريش مع بعض في إناء خاص على
شكل إوزة بيضاء والريشات محمولة على ظهرها، كان
إناء الريش كالتحفة الصغيرة الجميلة.

كانت هناك في مقدمة الأوراق ورقة مطوية أخذها إدغار
وفتحها وإذا بها رسالة فقرأ ما كتب عليها.

عزيزي إدغار:

(تفاجأ لأنه وجد بأن الشخص الذي كانت موجهة له
الرسالة اسمه مثل اسمه واسم جده). ولم يتأكد ما إذا كانت
هذه الرسالة موجهة إلى جده ربما وأكمل القراءة.

نعم عزيزي إدغار أعلم أنك متفاجئ مما يحدث معك فالأمر في الحقيقة غريب، ولكن أنا سعيدة لأنك قررت أن تعيد فتح المخبزة والمحل لكي تحقق أمنية جدك ووصيته.

عزيزي إدغار نعم هذه الرسالة موجهة إليك أنت بالذات أنت الذي تحملها الآن بين يديك.

أنا السيدة فانيلا، نعم التي في اللوحة.

استغرب إدغار وأصبح الأمر أكثر حيرة بالنسبة له.

وواصل القراءة.

إدغار أنا كنت أثق بجدك وأنا اليوم أثق بك.

اسمع لدي خطة جيدة ويمكنك ان تعتبرها صفقة ما رأيك بأن أساعدك على الافتتاح يوم غد.

اعلم انك تظن بأن الوقت لا يكفي ولا لا تقلق أنا معك.

ولكن لقد أنهيت كل الإصلاحات والديكور رائع لقد أعجبني ولم يبق إلا المخبوزات من أجل الافتتاح ويمكنك استعمال الأواني المخصصة، أواني جدك لذلك إنها في خزانة في المخزن وراء الجدار الأحمر في آخر المخزن

أعرف أنه المكان الوحيد الذي لم تقم بترتيبه ولكن لا عليك.

اخرج قليلا من الغرفة اذهب إلى المطبخ وأعد كوب شاي بالسمسم خذ غصنا من النبتة التي بجانب المكتب.

استغرب إدغار قليلا ثم اعتبر بأنه هو الذي وجهت إليه الرسالة وان السيدة فانيلا هي موجودة هنا بطريقة ما.

أخذ إدغار غصنا من الشجرة الصغيرة والغريب في الأمر أنه عندما اقتطفه فاحت منه رائحة طيبة وقوية ونبت فورا في مكانه غصن آخر.

لم يعد لدى إدغار مكان للاستغراب والتعجب، بل أصبح يساير الوضع ويتبع التيار كما أنه كان دائما متشوق لما سيحدث تاليا.

خرج وأغلق باب الغرفة أي الخزانة وراءه بالمفتاح مثلما طلب منه في الرسالة ولكنه ترك الضوء منار كانت تلك لمسة إضافية منه.

نزل إدغار إلى المطبخ وقد أصبح لديه طموح جديد وهو أن يفتتح المحل غدا فهل هذا معقول؟

أعد كوبا الشاي ووضع في الكأس قطرة من ماء الورد بعد أن سكب فيه الشاي وملعقة من عسل النحل من زهرة الفانيلا الذي لم يكن لديه فخرج إلى أقرب محل ويا للعجب الذي لم يعد يتعجبه وجد هذا الصنف من العسل متوفر ولكن بقلة.

أخذ الصينية وصعد إلى غرفة النوم وأدخل الصينية إلى الغرفة الخاصة، هنا كان خطأ إدغار أنه سكب الشاي في

كاس للسيدة فانيلا وكأس له ولكنه لم يكن يعلم بأن جده قد اعتاد فعل ذلك ولكن بأن يحضر طقما فخاريا خاص بالشاي سوف يكتشف وجوده إدغار فيما بعد في خزانة الأواني.

دخل إدغار ووضع صينية الشاي على طاولة العمل التي تتوسط الغرفة، وتوجه بسرعة إلى المكتب ليرى إن كانت هناك رسالة..

نعم لقد أصبح إدغار يتشوق لرسائل السيدة فانيلا.

وجد إدغار على المكتب كتابا وفوقه رسالة، لقد ابتسم لأنه يعلم بأن الكتب كانت مجرد شكل أو قطعة ديكور وليست كتبا فعلا ولكنه أخذ الرسالة وجلس ليقرأها.

عزيزي إدغار أشكرك لتلبية طلبي وإعداد الشاي انه المفضل لدي، وأيضا كان المفضل لدى جدك.

إدغار هيا لنتفق نحن شريكان في العمل أساعدك وتساعدني.

إدغار سوف يأتي يوم وتراني.

أنا في هذه اللحظة التي أنت تقرأ فيها الرسالة أجلس هناك مقابلة لك أتمتع برائحة الشاي الطازجة.

إدغار سوف أختار لك الأطباق وأنواع المخبوزات وسوف أساعدك في العمل.

سوف أعمل معك يدا بيد، لن تراني في هذه المرحلة ولكنك سوف تشعر بوجودي معك أو وجودك معي ففي الحقيقة لدي قصة طويلة قد ترغب بسماعها.

أنا صاحبة هذا البيت وليس جدك وقد كنت وجدك على علاقة، كنا نحب بعضنا وقد قمنا ببناء هذا البيت معا.

كان جدك يستطيع رؤيتي فيما عجز الناس عن فعل ذلك.

كنت أحب جدك كثيرا ولكنه أغضبني عندما أحب السيدة سيمونيا والأسوأ من ذلك أنه قرر الزواج بها ولكنني منعته بطريقة أو بأخرى.

وعندما علمت بأن جدك لن يستطيع العيش بدون امرأة يراها ويلمسها، لقد كسر قلبي وشعرت بالبؤس الشديد، ولأنني لم أدرك ذلك إلا بعد فوات الأوان وكانت السيدة سيمونيا قد تزوجت وسافرت.

سمحت له فيما بعد بالارتباط بجدتك ماريسا ولكنني لم أكن أغار كثيرا منها لأنه لم يكن يحبها بالقدر ذاته الذي أحب به السيدة سيمونيا ذلك الحب قد كسر قلبي.

بعد فترة من الزمن قد تعلمت أن أراه مع جدتك وتعلمت أن أسامحه وان أسمح له بعيش حياته التي كانت قصيرة بالمقارنة بحياتي.

كان جدك يريد عائلة زوجة وأبناء كان يريد أحفاد وهذا هو السبب في أنه لم يرى بأن حبنا متكافئ إذ أننا يجب أن نكتفي بهذا القدر من الوجود، هو موجود وأنا فقط بالنسبة له موجودة، حتى جدتك لم تعلم بوجودي.

واليوم أنت تعلم بذلك.. فأنت وريث جدك لكل شيء حتى الحب أنا احبك وكأنك ابن لي أو حفيدي، ولكني كما في اللوحة لا أليق بأن أكون جدتك.

أظن أنني أرى ابتسامة ترسم على شفاهك لكلامي.

إدغار هيا نبدأ العمل وسوف أحكي لك عن أمر آخر فيما بعد.

بالنسبة للعمل خذ الكتاب الذي أمامك وافتحه وأنظر المقادير في أول وصفة سوف تجد قائمة بالمواد عليك الخروج لشرائها ولكن ليس بنفس الكمية بل عليك أن تحضر بكميات كبيرة وأنا سوف أوازن لك المقادير فيما بعد.

وهذه وصفة واحدة سوف نعتمد عليها في مجموعة من المخبوزات وسوف نعد الكثير من الصواني ونبدأ بها كانطلاقة.

أعجب إدغار بكل ما قرأه في الرسالة وأخذ الكتاب بين يديه والغريب في الأمر أن هذا الكتاب كان مختلفا لقد تمكن من فتحه، به الكثير من الوصفات ولكن المقادير كانت كثيرة فقط في الصفحة الأولى.

كانت المقادير لإعداد العجينة المورقة، ومكتوب أيضا طريقة العجن.

لم يكن لديه فضول لرؤية باقي الصفحات بل فقط بشكل سريع ونظرة خاطفة لأن السيدة فانيلا كانت قد حددت له يفعله، وإدغار كان يتبع ما تطلبه منه بالتحديد.

سقط من الكتاب ورقة أخذها فوجد المواد مكتوبة عليها ومعها قائمة مواد إضافية وملاحظة مكتوبة في الأسفل:

لا تخرج الكتاب من الغرفة خذ فقط الورقة وحافظ عليها وأعدها إلى هنا عندما تعود.

المواد:

طحين لين ذو جودة عالية وبلون أبيض

خميرة كيميائية + خميرة الحلوى

زبدة أفضل نوعية

نشاء

المواد الإضافية:

للحلويات

شكولاطة

حبيبات الشكولاطة

شكولاطة للتذويب للتلوين

حلقوم حلوى الراحة

حلوة الترك

مشمش تفاح وبرتقال وليمون

سكر لأجل صناعة معجون الفواكه

فواكه مجففة للتزين

مكسرات

للمملحات:

بصل طماطم معجون طماطم زيت نباتي ثوم

توابل

بيض خل

زيتون أسود وزيتون أخضر

مصبرات متنوعة

كانت القائمة محددة ولك مواد فيها تحت عنوان معين،
يبدو منها بأن المخبوزات التي سيعدها إدغار مع السيدة
فانيلا كثيرة من حيث النوع والكمية أيضا.

لقد كان لدى إدغار فكرة عن الخبز ولكنه لم يكن يعلم كل
أسراره بينما كانت السيدة فانيلا طباخة وخبازة ماهرة
وحتى أنها تبدو ذات علم فيما يخص الصحة والغذاء.

أخذ إدغار القائمة وانطلق بسيارته ليحضر المواد وكبداية
أحضر من الدقيق كيسين كل كيس يحتوي 50 كلغ.

والسكر كيس 25 كغ

والزيت برميل 10 لتر

والزبدة صندوقين

وخميرة الحلوى صندوق

وهكذا كانت الكميات كبيرة ولكنها تليق بافتتاح المحل
وكبداية وانطلاقة فبعد أن يشتغل المحل سوف يصبح
المخزن مليئا بالمواد ولن يشتري إدغار إلا بعض الخضر
والفواكه الطازجة ولكن أيضا بالصناديق.

عندما عاد إدغار الذي كان قمة في النشاط والحيوية والإقبال والتفاؤل.

أنزل المواد في المخبزة والتي كانت كثيرة لدرجة أنه لم يعد هناك مكان للوقوف ولكن المنظر كان يشعر بالسعادة ويبث الطاقة الايجابية.

كان المنظر يشبه إلى حد قليل عندما كان إدغار يحضر السماد والمواد التي يحتاجها في الحقل المزرعة والحظيرة ولكن بشكل آخر.

بعد أن قام بإدخال بعض المواد التي كان يظن بأن أكثر من حاجته مثل كيس من الطحين وصندوق من الزبدة (المواد المضاعفة) إلى المخزن أصبح مكان العمل أفسح مجالا.

صعد ادغار إلى الأعلى بسرعة لكي يرى ما تفعله السيدة فانيلا، وعندما دخل الغرفة وضع القائمة على المكتب كما كانت قد طلبت منه فعل ذلك، ووجد بعض الأوراق على المكتب أيضا كانت تبدو مثل رسائل مطوية بشكل طولي على ثلاث طبقات.

قال:

لقد عدت، وأحضرت كل المواد، وهذه هي القائمة كما طلبت.

ثم أخذ الأوراق وأضاف قائلا:

هذه رسائل جديدة من أجلي.

كانت قد كتبت له السيدة فانيلا الإرشادات لبدء العمل ومنها إخراج الصواني وأدوات الخبز منها الميزان والأواني الخاصة بالوزن أيضا منها الملاعق والكؤوس، حلال "فرادة" العجين، الغلاف الغذائي، الخلاط اليدوي والكهربائي، خفاقة سلك.

كانت المرحلة الأولى هي فقط صنع العجين والذي كان على مراحل فهي وصفة واحدة العجينة المورقة ولكن كان عليه أن يصنع منها كمية كبيرة ولكن ولأنه لوحده كانت على دفعات ففي كل مرة يصنع كمية منها ويحتفظ بها في الثلاجة.

ترك كل الأمور التي لم يكن وقتها على جانب وسارع لوضع فقط المواد التي يحتاجها على طاولة العمل وبقربها.

أخذ الأواني الخاصة بالعمل والتي كانت بأعداد مضاعفة فكل إناء لديه منه أكثر من واحد لكي يسابق الوقت ولا ينشغل بتنظيف الأواني.

ومنذ أول مقدار قام إدغار بعجنه وقد كان يظن بأن ملمس الدقيق سوف يزعجه ولكنه بالعكس فبمجرد أن أدخل أصابعه في الدقيق شعر بإحساس فريد.

لقد كان شعورا خياليا، لم يكن إدغار في المطبخ لوحدة بل كانت هناك السيدة فانيلا تقف بجانبه الكتف بالكتف وكانت تسهر على العمل، لقد كانت جميلة جدا رغم أنه لم يكن يستطيع رؤيتها ولكنها كانت حقيقية وموجودة.

تلك السيدة كانت حقا جميلة وهي نفسها بعمرها الجميل في تلك اللوحة واللغز كان كيف أنها خفية ولما هي كذلك؟ ومن رسمها ومتى رسمها، ولكن لا أحد يعلم الحقيقة.

كان جمالها طاغ لدرجة أن السيد إدغار الجد قد استطاع رؤيتها بقلبه أحبها ولكنه في نظرها قد خانها وفي نظره لم يكن حبهما كافيا لعدم تواجدها المادي وكان هذا خطأه الذي ندم عليه بعد فوات الأوان عندما لم يكن الندم كافيا بالنسبة إليها، فهي لم تغفر له خطأه لفترة من الزمن.

سهر إدغار كل الليل يعد العجين وقد كانت السيدة فانيلا قد حددت له الكمية التي يحتاجها بالضبط ومع بزوغ الفجر أنهى عمله وسقط في فراشه منهكا.

لقد تعب من اللف والحل لكل ذلك العجين حيث كانت ملاحظاتها بأن يطوي العجين ويقوم بفرده يطوي ويفرد ويتركه يرتاح يطوي ويفرد وهكذا كان عدد الطيات معروفا والحل بعدها وهكذا حتى تغلغلت الزبدة داخل العجين وأصبحت جزءا منه.

في البداية اعتقد إدغار بأن كمية العجين كبيرة أو مبالغ فيها وخاصة لأنه صنع عددا كبيرا من الكيلوغرامات من نفس العجينة المورقة.

ولكنه لم يكن يناقش أبدا، بل كان مثل الطفل المطيع الذي يعلم بأن الأولياء يعلمون كل شيء ويطلبون ما يطلبونه لصالح الصغار، هكذا كان إدغار مطيعا ونقيا مثل الأطفال الصغار.

نام إدغار نوما عميقا وكان اليوم الموالي هو اليوم الذي يسبق عيد الميلاد.

استيقظ إدغار وكان الأمر ساحرا، لقد استيقظ على رائحة الكرواسون كما هي العادة، واليوم فقط فهم سر تلك الرائحة.

اغتسل وارتدى ملابسه لكي يبدأ يوما جديدا فاليوم هو اليوم الذي سوف يقوم بكل الإعدادات لأجل الافتتاح الكبير.

وقد أصبحت لدى إدغار عادة فقد أصبح يبدأ يومه بالدخول إلى غرفة السيدة فانيلا لكي يلقي عليها تحية الصباح، ولكن ما وجده قد خلب كيانه، لقد وجد صينية وعليها كوب من القهوة الساخن والذي لازال البخار

يتصاعد منها وثلاث قطع كرواسون وقطعتان من كرواسون الشكولاطة.

لقد كان طعاما حقيقيا ورسالة على طرف الصينية فوقها زهرة فانيلا بيضاء رائعة فواحة.

تقدم من الطاولة وأخذ الزهرة بعد أن استأذن السيدة فانيلا وهو لا يراها طبعا ولكنه كان يشعر بوجودها الايجابي.

استنشق الرائحة الجذابة التي تحملها الزهرة بين بتلاتها، وقال: اسمحي لي يا سيدة فانيلا إن رائحة هذه الزهرة مرتبطة بك وتعني أنك موجودة هنا.

ثم أخذ الرسالة الجديدة وقرأها، كان مكتوب عليها:

عزيزي إدغار

صباح الخير

أتمنى لك إفطارا شهيا

شهية طيبة

تمتع بالكرواسون وهيا بنا للعمل

فانيلا.

Cher Edgar

Bonjour

Je te souhaite un délicieux petit déjeuner

Bon appétit

Profitez du goût du croissant

Mettons-nous au travail

Vanille.

عرف إدغار بأن الطعام كان هدية من السيدة فانيلا لبداية يوم وموسم وعمل جديد.

استمتع بالطعام حقا وكان يتكلم وحده ولكنه كان يوجه الكلام للسيدة فانيلا.

كان الكرواسون خفيفا ولذيذا، وذو رائحة مريحة ودافئة.

أما الكرواسون بالشكولاطة فقد كان لا يزال ساخنا والشكولاطة ذائبة بداخله تجعل القلوب تذوب حبا فيه.

أما بالنسبة لكوب القهوة فقد كان فيه طعم غريب وكأنه طعم.. طعم.. كانت هذه كلمات إدغار وهو يريد أن يستنتج الطعم في القهوة... ثم قال:

نعم انه طعم الخولنجان، يبدو أن السيدة فانيلا قد وضعت قطعة من الخولنجان في القهوة.

كانت السيدة فانيلا مليئة باللمسات الغريبة والجميلة، كانت كل حركاتها مليئة بالأمور غير المعروفة أو غير المتوقعة، كان لديها حركاتها الخاصة.

استمتع إدغار بالإفطار ولم يترك فتاتة من الكرواسون، وأيقن أنه قد أخذ وقوده الكافي من أجل يوم مليء بالعمل.

أخذ إدغار الأوراق التي كانت مع الرسالة والتي كان عليها كل التعليمات التي سوف تجعل الأمور أسهل.

نزل إدغار الى الطابق السفلي، وقام بإشعال الأفران لكي تصبح ساخنة بينما يجهز العجين.

ثم توجه إلى الفرن وأخذ المقلاة والقدر وأخذ لوح التقطيع وجاء دور الخضار.

قام إدغار بإعداد صلصات لأجل المملحات، وقام يصنع بعض المربى على أنواع مختلفة، كما قام بإعداد صلصة المايونييز وعبأها في قنينات للسكب المباشر، وصلصلة الطماطم أيضا، وقد أخبرته السيدة فانيلا بأنها سوف

تعطيه وصفة إضافية رئيسية من أجل صنع قطع بيتزا صغيرة والكبيرة منها أيضا.

كما أنه كان سيحتاج نوع من صلصة الطماطم من أجل إعداد الكوكا.

بعد أن قام إدغار بتجهيز كل تلك الأمور جاء دور العجين وقد انتصف النهار ولكن إدغار كان منهمكا في التحضيرات ولم ينتبه حتى لمرور الوقت ولم يشعر بالجوع.

بعد أن كان إدغار قد أخرج العجين جاء دور الخبز، قسم العجين إلى عدة أقسام قبل تخزينه.

كانت القائمة التي تحصل عليها من السيدة فانيلا تحتوي عدة أنواع من المخبوزات وتحت كل نوع طريقة الخبز والحشو وطريقة الطهي والوقت اللازم لذلك.

المملحات:

لي فلوفون لفائف محشوة، كوكا، كورني

المخبوزات:

كرواسون، كرواسون الشيكولاطة، بان أوغيزا خبز بالزبيب (الحلزون)، (لفائف القرفة)، شواسون، باليمي

الحلويات:

- ميلفاي

وكانت هناك فرصة لإدغار لكي يبدع ويخترع ما يشعر به، فتبع قلبه وخلق بخياله بعض المخبوزات التي أطلق عليها أسماء تنتمي إليه منها:

-وسائد الأحلام، قارب الحب، عشق ابدي المالانهاية

- فولوفو كاب كيك الأميرة، كوكا معسلة، حذاء الأقزام من بحيرة الجبن (كان عبارة عن فولفو مستطيلة الشكل محشوة بأنواع الاجبان).

قوة الرجال كانت على شكل أصابع محشوة بالكريمة المالحة،-

- نجمة المساء عبارة عن شكل نجمة وبها حشوة القليل من معجون التفاح، ومغموسة بالعسل المنزلي بالقرفة والفانيلا.

- قرن غزال الرنة،

- صينيات كريمة الزبدة (مربعات مشدودة الاطراف ومليئة بكريمة الباتيسري مع كريمة الزبدة وعليها زينة بالفواكه.

- أصابع الفاتنة الجميلة

كان على إدغار أن يبدأ بالمملحات التي سوف يتركها ترتاح لكي يحشوها فيما بعد، وكان عليه أن يقوم بإعداد الميلفاي من أجل أن يتركها لكي يتماسك في الثلاجة مع وضع ثقل عليه لكي تصبح الطبقات مضغوطة.

كانت فكرة جيدة أن يعتمد عجينة واحد أو يخلق منها أطباقا عديدة، كما كان من الرائع أن يترك مجالا أمام خياله ليلعب بالأفكار ولكي يمزج الواقع بالخيال.

استمتع إدغار وكان سعيدا جدا كما لم يكن يوما هكذا، والمطبخ وكل المخبزة والمحل بل كل البناية كانت تعج

بالروائح اللذيذة، والتي تعلن عن تواجد خباز جديد في المنطقة، لم تكن الروائح خيالية هذه المرة بل كانت تنبع من مخبزة إدغار.

لقد صنع إدغار اصنافا كثيرة وبعدد كبير بالمقارنة بالوقت القصير وبجهد الرجل الواحد.

وضع إدغار المخبوزات لتبرد قليلا وقام بإضافة التزيين لبعضها وأضاف اللمسات النهائية للبعض وكان يسير مع الطاولات ويقوم بما يلزم لكل صنف من الأصناف ويعيد اللفة عليها جميعا ويسير من الشمال إلى اليمين ثم يكمل الدائرة ويرجع إلى نقطة البداية وأحيانا ينظر إلى التي كانت موضوعة في أماكن أخرى وعلى الطاولات الإضافية.

وكأن إدغار لم يكن يريد للعمل أن ينتهي وكأنه كان لو ترك له الأمر لواصل الاعتناء بمخلوقاته العجيبة التي قام بخلقها إلى الوجود.

نعم لقد كان هذا هو إحساس إدغار وشعوره اتجاه المخبوزات، لقد وقع في حب المخبزة والدقيق اللين والزبدة.

لقد وقع إدغار في حب الفانيلا والسمسم.

بينما هو إدغار يلف ويدور على المخبوزات وكل تلك الأمور الجميلة التي وضعها في كل مكان والفرحة تغمره والسعادة تشع من عينيه وقد تذوق البعض وكانت النكهات تذوب في فمه والرائحة منعشة، لقد كان إدغار مغرما، وكل من يراه سوف يقع في غرام المخبوزات.

وجد ورقة بين الصواني وراء آخر صينية من الشمال، حيث كان يلف ويدور، ليبدأ في كل مرة جولة مراقبة جديدة.

أصبح إدغار لا يستغرب ما يحصل معه ولكنه لم يتوقف عن الشعور بالسعادة كلما وجد رسالة.

كان في الرسالة ما يلي:

عزيزي إدغار

أحسنت صنعا، لقد قمت بعمل جيد

أنا أفتخر بك ومتأكدة من أن جدك يفتخر بك.

عزيزي إدغار أنت جاهز للإعلان عن دخولك مجال الخبز، كل شيء جاهز واللافتة مازالت في المخزن يجب أن تعلقها بالخارج وتفتح الأبواب.

اعلم مازال عليك أن تخرج أواني العرض وتعرض فيها كلما قمت بإنتاجه بيديك العاريتين.

جدك كان محقا حين رأى بأنك كفء لتحمل المسؤولية، أعرف أنه لم يكن يعرفك شخصيا ولكن جدك كان لديه إحساس عالي ويمكنه أن يشعر بأمور قد لا يدركها باقي البشر.

جدك كان محقا هذه المرة وككل مرة هو دائم يصيب التفكير ويتبع إحساسه النقي.

إدغار بالنسبة للافتة وللإحساس هناك أمر أريد أن أخبرك به.

اللافتة عليها اسم جدك والمرأة التي كان يحبها.

وقد أخبرتك سابقا بأن هناك أمر سوف أفاتحك به فيما بعد، والآن لقد جاء الوقت المناسب لفعل ذلك.

إدغار لقد ورثت أشياء كثيرة عن جدك، وليست الأشياء المادية فقط، فكما ترى ما هو موجود أمامك كل هذا الذي قمت بصنعه، لقد ورثت موهبته أيضا ألا تشعر بذلك؟

اعلم أنك تشعر بالكثير، ولكن ما أريد أن أخبرك به هو أنك ورثت قلب جدك والحب الكبير الذي كان يشعر به من جهتي ومن طرف جدتك ومن كل الناس المحيطين به.

إدغار لا يجوز أن تبقى وحيدا وهذا هو موضوعنا، اسمع لقد كان لجدك حلم وأنا قمت بإفساده فقد كان حلمي أنا أيضا ولكن كان يريد أن يسلبني إياه.

كان حلم جدك أن يتزوج بحبيبته التي كان يحبها وأن يدير المحل معها.

ولكنه كان حلمي أنا أيضا كان حلمي أن أقضي كل حياتي مع جدك وان أدير المحل معه وحياتنا معا ولكن كما أخبرتك سابقا لم أكن أكفي جدك والناس لا يرونني رغم أنه كان يراني.

بعد أن تزوجت تلك السيدة حاولت إصلاح الأمور وأفسحت له المجال فحاول أن يحقق حلمه مع جدتك ولكنه لم يتمكن من أن يشعر معها بما شعر به سابقا مع تلك السيدة والذي يشبه ما شعرت به تجاه جدك.

عندما يتعلق قلبك بأحد سوف تفهم كلامي هذا.

عزيزي إدغار الحب نصيب وهو مثل الجوهرة تشع بالنقاء والصفاء كلما تبادل الشخصان أي الطرفان الحب والمشاعر والنظرات.

وجوهرتك يا حبيبي إدغار قد ورثتها من جدك، عزيزي الحب سوف يطرق بابك بعد قليل، فاتبع التيار واتبع قلبك، لا تخف ولا تتردد، الحب يستقبلك بأذرعه المفتوحة، فلا تخيب أمله.

لم يفهم إدغار كثيرا ما جاء في الرسالة التي كتب في آخرها يتبع.....

مع آخر حرف ونقطة دق جرس الباب.

أسرع إدغار ليرى من على الباب فوجده الرجل الذي كان يساعده السيد روبير

فتح له الباب ورحب به، ولكن الرجل كان يصف الرائحة التي تمد عبر طول الشارع.

واخبره بأنه شعر وكان جده قد بعث للحياة من جديد فهذه عادة جده أن يملأ الشارع براحة المخبوزات التي تتفوق على كل المخابز والمحلات.

ادخل إدغار الرجل إلى المطبخ حيث كانت المخبوزات منتشرة بكل أرجاء المكان ولكن الرجل لم يصدق وقال في صدمة:

هل أنت من قام بإعداد كل هذا؟

ولكن متى ومن ساعدك؟ ألم يكن العمال هنا حتى يوم أمس؟

ابتسم إدغار وأجابه نعم لقد صنعتها لوحدي.

ثم دعاه وقال:

تفضل وتذوق ما تريد.

ثم قال وأضاف:

لم يبق أمامي إلا أن أعلق اللافتة بالخارج وأن أضع المخبوزات في أواني العرض واضعها أمام الزائرين والزبائن وسوف تكون مخبوزات الميلاد ورأس السنة مجانا للجميع.

قال الرجل لقد ذكرتني بجدك في كل شيء.

اسمع عليك أن تأكل شيئا، هل تناولت شيئا طوال اليوم؟

ضحك إدغار ثم أضاف الرجل قائلا:

هيا أحضر معطفك لقد قمت بتجهيز طعام العشاء على شرف وصول حفيدتي وسوف نساعد أنا وهي بعد تناول

الطعام لإعداد ما بقي لك من أعمال العرض، واللافتة أعرف شخصا يستطيع تعليقها بالشكل الذي يجب.

كاد لولهة سوف يعتذر إدغار ثم عندما رأى الرسالة على الطاولة ارتبك واتجه إليها لكي يخبأها وقال للرجل: (بعد أن أخذ الرسالة وراء ظهره)

حاضر سوف أحضر معطفي وأذهب معك ولكن لن أتأخر لأنني أريد الافتتاح هذه الليلة.

توجه إدغار مع الرجل إلى بيته، وما إن قام بفتح الباب كانت رائحة الطعام لذيذة وشهية فزقزقت عصافير بطن إدغار وهذا ما أضحك الرجل لأنه عرف بأن إدغار كان يتضور جوعا.

وما إن جلسا إلى طاولة الطعام حتى خرجت حفيدة الرجل من المطبخ والتي كانت مفاجأة بالنسبة لإدغار.

كانت الفتاة وكأنها خرجت من قصة خرافية وكأنها بطلة حكاية وكأنها تأتي من زمن آخر وليس فقط من بلد آخر.

كانت الفتاة تحمل صينية قد أخرجتها للتو من الفرن، ولكن الأمر العجيب لم تكن فقط الرائحة التي كانت تنبعث من ذلك الطبق، بل إنه شكل تلك الفتاة.

كانت الفتاة ترتدي ثوباورديا كلون خديها التي احمرت خجلا لأنها وجدت إدغار يتأملها ويتفحص شكلها يصعد مع قدميها ومع فستانها المنتفخ وذلك المئزر الصغير الذي كان أحمرا، والأغرب أنها كانت تربط شعرها للخلف وتزينه ببروش على شكل زهرة الفانيلا.

عجيب شكلها كانت تشبه السيدة فانيلا رغم الاختلاف الواضح بينهما، فقد كانت فقط في الخامسة والعشرين ووجهها مستدير ليس كوجه السيدة فانيلا وشعرها أكثر اصفرارا من شعر السيدة فانيلا الذي كان بنيا أكثر منه أشقرا ولكن من ناحية الديكور والشكل الخارجي كانت كأنها ابنتها أو حفيدتها.

كانت الدهشة واضحة على إدغار وهذا ما جعل الفتاة تشعر بالإحراج، وجدها يقوم بالتعليق عليها ويقول:

لا تستغرب شكلها يا بني سوف تتعود عليها، فهي في كل سنة تفعل هذا، إنها ترتدي ملابس جدتها طوال أيام

الميلاد وتطبخ أطباقها التي كانت تحبها، إنها تحب جدتها رغم أنها لا تعرفها، ولكن هي تعرفها من صورها.

تأسف إدغار عندما أعاده صوت الرجل إلى الواقع واعتذر على تصرفه غير اللائق، وانزل عينيه والتفت إلى طاول الطعام.

تقدمت الفتاة وألقت عليه التحية وعرفهما جدها على بعضهما وقال:

ابنتي أقدم لك إدغار حفيد صديقي وحفيد الرجل الذي كانت تحبه جدتك قبل زواجها من جدك وأنت تعرفين القصة.

قالت لإدغار:

سعيدة بلقائك وقد مازالت محمرة خجلا من طريقة نظره إليها وكأنه مبهور فكلما رفع عينك تجمدت نظرته ولم يستطع إبعاد عينيه عليها

ثم التفت إلى إدغار وقال:

عزيزي إدغار أقدم لك حفيدتي فانيلا

ارتعب إدغار وقال بصوت عالي وهو يتعجب:

فانيلا ؟

أجابه الرجل نعم فانيلا لقد كان حلم جدتها وجدك قبل زواج كل منهما أن يتزوجا معا وينجبان فتاة يطلقان عليها اسم فانيلا ولكن أنت تعرف البقية.

فقررت زوجة ابن أختي أن تحقق لها أمنيتها حتى بعد وفاتها فأطلقت اسم فانيلا سيمونيا ، وسيمونيا هو اسم أختي وأيضا اسم جدتك يا إدغار لأن جدك كان في حياته امرأتين بنفس الاسم "سيمونيا" .

نظر إدغار الى البروش وهو مستغرب من كلما يحدث، كان أكثر دهشة من هذا الواقع أكثر من الخيال الذي كان يعيش فيه الأيام القليلة الماضية.

انحرجت فانيلا ووضعت يدها على البروش وقالت: هذا البروش (اكسسوار للشعر) قد ورثته عن جدتي أظن أن جدك كان قد أهداها إياه آخر مرة رآها.

اعتذر إدغار وقال لها:

لا عليك أنا آسف..

اعتذر وقال لهما بأنه سوف يخرج ليستنشق بعض الهواء.

خرج قليلا ولم تعلم فانيلا ما هو الخطأ الذي أخطأته معه.

وما هي إلا لحظات حتى عاد ودخل إلى الداخل بعد أن استراح واستعاد أنفاسه وأصبح أحسن بكثير.

واعتذر من الجميع وعاد بابتسامة وشكل آخر، يبدو أنه قد اعتاد على ما رآه وقد تعود أن يرى كلما يثير العجب.

تلذذ إدغار بالطعام الرائع وقد كانت فانيلا قد ساعدت جدها بإعداد البعض وكانت طباخة ماهرة.

شبع إدغار حد التعب من الأكل فقد قال لهم وبحس فكاهي أريد أن استلقي على السرير، ثم التفت إلى الرجل وقال يبدو أنك يا عم قد أفسدت كل مخططاتي فمن يستطيع أن يقوم بتجهيز المحل وافتتاحه أنا لا اقدر على الحراك.

فقال له الرجل:

لا عليك استرح أنت وأنا سوف أعد لنا شايا بالزنجبيل، سوف يعجبك ويجعلك تهضم الطعام، إنها وصفة جدك.

وقالت فانيلا التي كانت تضحك من شكل إدغار وهو يتألم من بطنه من شدة الشبع:

أنا أيضا استأذن سوف أقوم بتنظيف الصحون.

قال إدغار: أنا آسف حقا لن استطيع تقديم يد العون لك أنا لا استطيع الوقوف على قدمي.

ضحكت وقالت:

لا داعي للاعتذار

قال الرجل:

هيا أسرعي لكي نشرب الشاي ونذهب إلى بيت إدغار ونجهز المخبوزات للعرض لأننا لا يمكن أن نسمح له بالكسل لمجرد أنه شبعان يجب أن نساعده ونفتتح المحل الليلة.

قام كل شخص بما عليه، ثم التقى الجميع في صالة الجلوس حيث كان إدغار يتصفح ألبوم الصور الذي أعطاه له الرجل لأنه كان يحتوي على بعض الصور لجده وأخت الرجل أيضا بعضها التقطت في مناسبات معينة ولأنهم كانوا جيرانا كانت هناك صور تجمعهم.

كان إدغار يشبه جده عندما كان الجد صغيرا في السن أما أخت الرجل فلم تكن تشبهها حفيدتها، فقد الثياب كانت نفسها والتي كانت كلها هدايا من إدغار الجد للجدة والتي كانت تجعلها تشبه حبيبته فانيلا الحقيقية، وهذا ما جعل

فانيلا الحفيدة تصبح أكثر شبها بارتدائها لثياب الجدة، وكذلك ذلك الإكسسوار ونفس تسريحة الشعر.

تأكد إدغار من أن الجد كان يحب السيدة فانيلا حبا قويا ولكنه فقط كان يريدها أن تتجسد في امرأة حقيقية وهذا ما جعله يحاول أن يجعل حبيبته تشبهها ولكن على ما يبدو أن هذا لم ينل إعجاب حبيبته السيدة فانيلا.

ولكن رغم كل شيء فقد كان الجد يحبها، رغم ارتكابه الأخطاء وحتى الأخطاء التي لا تغتفر، ورغم أنه رأى بأن غيابها المادي يجعل حبها له غير كاف، ورغم استبدالها بامرأة حقيقية ورغم زواجه فيما بعد إلا انه كان يحبها لدرجة أنه كان يريد أن يجعل حبيبته أقرب شبها لها، فأهداها ذلك الإكسسوار وصمم لها زيا للطبخ وكان يريدها متجسدة أمامه وإلى جانبه في المخبزة.

ولكن كل جهوده لم تفلح ولم ينجح في تحقيق السعادة لا له ولا للسيدة فانيلا ولا لحبيبته سيمونيا ولا لزوجته التي من المؤكد أنها شعرت بوجود امرأة أخرى في قلب جده.

كان إدغار مبهورا من الحب الكبير الذي شعر به في كل تلك الذكريات، ولكنه كان قد أعجب بفانيلا الحفيدة وكأنها ملكته بشيء ما.

ملكته بشكلها بطبخها بكلامها بشخصيتها أو بعيونها

ربما وقع إدغار في حبها من النظرة الأولى.

لا يعرف إدغار ما حدث ولكنه يعرف بان هناك شيئا ما شيء قد حدث الليلة

إنها شرارة بينه وبين فانيلا.

ذهب بعد ذلك الجميع إلى بيت إدغار لتجهيز المحل وافتتاحه، انبهرت فانيلا بما رأته في المحل وسألت إدغار حوالي المائة مرة إن كان هو من أعد كل ذلك الطعام فأجابها بنعم في كل مرة.

لقد وقعت فانيلا في حب الخباز من خلال مخبوزاته رغم أنه كان شابا طويلا وسيما مؤدبا قوية البنية وأيضا لبقا في الكلام، وهذه كلها كانت مواصفات قد استنتجتها فانيلا الحفيدة بينها وبين نفسها.

فعلا كانت هناك شرارة بين الاثنين وقد لاحظها الجد ... جد فانيلا وأغرم بالقصة التي ولدت في بيته وقال في نفسه ربما كان للقدر يد في أن يجتمع إدغار وفانيلا

سيمونيا يوما من الأيام وان لم يحدث مع إدغار وأختي ربما يحدث مع حفيديهما.

أخرجت فانيلا وإدغار كل الأواني التي كانت بالخلف في الخزانة وراء الجدار الأحمر، وقاما بتوزيع المأكولات على أواني العرض، وتم وضعها في أماكن لائقة لعرضها بالشكل الذي يجب وفق لمسة السيدة فانيلا التي كانت تسهر على حسن سير الأمور.

أخرج الرجل اللافتة وطلب من أحد الرجال أن يساعده لكي يعلقها فوق المحل الذي سوف يفتتح بعد قليل.

كانت هناك لحظات كبيرة بين إدغار وفانيلا فأحيانا تتلامس الأيدي وأحيانا يساعدها وأحيانا هي تساعده وأحيانا يلتقيان في ممر لا يكفي اثنان وكانت الكيميا الهارموني بينهما واضحة بالتناغم والنظرات واللمسات.

عرف الاثنان بأنهما أعجبا ببعضهما.

وعندما خرج إدغار وفانيلا لرؤية اللافتة اندهش الجميع، فإدغار لم يكن قد ألقى عليها نظرة وفانيلا استغربت مما رأته.

كان مكتوب على اللافتة مخبوزات بحب إدغار وفانيلا
سيمونيا

استغربت فانيلا وقالت:

فانيلا سيمونيا انه اسمي ثم التفت إلى إدغار وقالت
مخبوزات بحب

إدغار ونظرت في عينيه وقالت وفانيلا سيمونيا.

بادلها إدغار بنظرات حب وأمسك يدها فاتكأت على كتفه.

تم افتتاح المخبزة والمحل ولم تقبل فانيلا الحفيدة العمل
الذي كان معروضا عليها لأنها قررت العمل مع إدغار
جنبا إلى جنب وقرر إدغار ان يرتبط بها ويعمل معها في
المخبزة ويحقق حلم جده ورغبة السيدة فانيلا لجمع قلبين
هي ترى أنها هكذا تكفر غن خطئها مع جد إدغار حين
حرمته من حبيبته وهكذا هي تعتبر أنها تصالحت مع
نفسها وسامحته أخيرا

لقد أقرت السيدة فانيلا سيدة الخبز بهذا التصرف بأنها
تعلن وأخيرا أنها سامحت إدغار وسيمونيا.

سامحت إدغار لأنها اعتبرت رغبته بالزواج بسيمونيا خيانة، وسامحت سيمونيا لأنها اعتبرت قبولها بحب إدغار سرقة وخيانة أيضا.

لقد سامحت سيدة الخبز إدغار وسيمونيا وجمعت إدغار الحفيد بفانيلا سيمونيا الحفيدة.

واختفت تلك الغرفة بعد يوم رأس السنة وكانت تظهر قبل الميلاد من كل سنة وتختفي ليلة رأس السنة فترافق إدغار وفانيلا عشرة أيام من كل سنة، ولم تعلم فانيلا بسبب سعادة إدغار في آخر كل عشرة أيام من كل سنوات حياتهما، وعاشا في سعادة كانت تنتظر الثنائي الملائم لها.